그러할진대

그러할진대

1판 1쇄 발행 | 2016년 3월 31일

지은이 | 박영식
펴낸이 | 김경배
펴낸곳 | 시간여행
편 집 | 이진의·정지은
본문 디자인 | 서진원

등 록 | 제313-210-125호 (2010년 4월 28일)
주 소 | 서울시 마포구 토정로 222,한국출판콘텐츠센터 419호
전 화 | 070-4032-3664
이메일 | sigan_pub@naver.com

종 이 | 엔페이퍼
인 쇄 | 천광인쇄

ISBN 979-11-85346-25-0 (03810)

이 도서의 국립중앙도서관 출판예정 도서목록(CIP)은 서지정보유통지원시스템 홈페이지(http://seoji.nl.go.kr)와 국가자료 공동목록시스템(http://www.nl.go.kr/kolisnet)에서 이용하실 수 있습니다. (CIP제어번호 : CIP2016007365)

* 이 도서는 국제친환경 인증을 받은 천연펄프지(Norbrite 95#)로 제작되었습니다.

그러할진대

박영식 생활詩집

추천사

인간사에 대한 애증을 고뇌하면서 노래하다.

겨울 한파가 몰려와 길에는 녹지 않은 눈이 수북이 쌓여있다. 천지가 얼어붙은 저녁, 독서가 선우금과 함께 저자 박영식을 만났다. 우리는 을지병원 부근의 한 복국집에 들어가서 잠시 후에 합류한 백(伯) 씨(氏) 남식 선생과 함께 저녁을 먹으며 공연예술과 문학에 대한 이야기를 두어 시간 동안 나누었다.

저자는 오류동에서 태어나 대전에서 살아온 토박이로서 현재는 공무원의 신분을 가진 이였다. 놀라운 것은 그가 사재를 털어 '대전팝스오케스트라'를 창단했다는 사실이다. 지난 십여 년 동안 한 번도 거르지 않고 매년 4회씩 총 46회의 정기 공연과 100여 회의 수시 공연을 했다고 한다. 그는 대전의 공연예술에 대해 큰 사명감을 가지고 있었다.

뿐만 아니라 그는 2013년에 시집 《권커니 자커니》와 체험집 《승진 트라우魔》를 펴내었다. 그는 이번 시집 《그러할진대》를 펴내기에 앞서 내게 원고를 한번 읽어주기를 청했다. 저자가 스스로 서문에 언급한 바와 같이 그의 시는 "뚝딱시, 생활시"이다. 그의 시는 일상생활에서 접하고 느낀 것으로 편안하게 토해낸다.

〈산사의 야생화 달력〉, 〈빅토르 안〉, 〈찔레꽃 탐구〉, 〈주(主)님과 주(酒)님〉, 〈무상〉 등 다섯 편의 시가 가슴에 와 닿았다.

〈산사의 야생화 달력〉은 일 년 열두 달을 상징하는 꽃과 꽃말을 풀이한 시로서 시를 시작하는 도입(導入)연의 세 줄이 시인의 정감과 지적 장년의 면모를 보여주고 있었다.

마음자리가 어지러워 산사에 들러
주지 스님과 합장을 하고
키우고 있는 유기견 강아지와 영혼의 눈을 맞추었다.

-산사의 야생화 달력 中

〈빅토르 안〉은 쇼트트랙에서 발군의 실력을 발휘하며 한국을 빛낸 국제적 선수 안현수가 감독과 선수, 선수들 간의 갈등에 실망하고 러시아로 귀화한 것을 비통해하는 시이다. 한국인이라면 모두가 공감할 내용이다. 〈주(主)님과 주(酒)님〉은 교회와 술자리를 풍자적으로 비유한 글로서 풍류객(酒黨)으로서의 저자의 면모를 적나라하게 보여준다.

〈무상(無常)〉은 6행으로 구성된 시로서 삶의 무상함을 노래했으며 그의 시 대부분이 그렇듯이 마무리의 여운이 있었다.

새가 이뻐 사진
찍으려 하였더니 날아갔습니다.
꽃이 아름다워
며칠 보았더니 떨어졌습니다.
술이 좋아 잔을
꺾지 않았더니 개가 되었습니다.
정보가 유용하여 모아
두었더니 삭제되었습니다.

-무상 전문

저자의 시 대부분이 그가 살면서 느낀 인간사에 대한 애증을 고뇌하면서 노래한다.

북송(北宋)의 문장가 구양수(歐陽脩, 1007~1072)는 글을 쓰는 비결이라 할까 필수적 단계를, "간다(看多), 상량다(商量多), 주다(做多)"라고 하였다. 많이 읽고 많이 생각하고, 많이 쓰라는 의미이다. 저자를 깊이 알지는 못하나 많이 생각하고 많이 쓰면서 삶에 대한 열정은 누구에게도 뒤지지 않을 것 같다. 그것은 문학하는 사람에게는 큰 자랑이다.

시작(始作)한 시작(詩作)의 길이 쉽지 않겠지만 저자가 지금까지 살아오면서 공연예술과 시에서 보여준 열정을 잃지 않고 꾸준히 정진한다면 만인에게 사랑받는 시인이 될 것을 확신하는 바이다.

국제 PEN 한국본부 이사/시인 도한호

유쾌, 상쾌, 통쾌한 우리들의 자랑

시집을 펴내기 전, 시를 미리 읽어본다는 건 동정녀를 처음 대하듯 선악과를 훔쳐보듯 호기심과 설렘 그리고 두려움으로 손을 가볍게 떨리게 하는 일임을 새삼 깨달았다.

시인 박영식은 58년 개띠연합회 리더답게, 띠로 비유하려면 명견의 자질을 두루 갖춘 전형적인 충청도 사나이다. 꼭 필요하지만 돈이 안 돼 남들이 거들떠보지 않는 일을 골라서 성심껏 하는 사람이다. 동화 속 주인공처럼 자기도 어려우면서 달밤에 볏섬을 지고가 "형님 먼저! 아우 먼저"하며 의리를 지킬, 몇 안 되는 유쾌한 사람이다.

공무원 봉급으로 오케스트라 운영이 당키나 한 일인가? 그런데 그는 꾸준히, 천연덕스럽게, 한편으로 멍청하게, 정기연주회 소식을 까톡! 까톡! 하고 전하는 유쾌한 사람이다. 그 나이에, 그 위치면 목이 굳을 만도 하건만 여전히 어리광을 부리고 썰렁 유머로 만담가 형을 웃기는 통쾌한 사람이다. 그는 이런 명견다운 자질이 드러나기까지의 생각을, 그의 속내를, 버선목 뒤집어보이듯 진솔하게 보여주고 있다.

박영식 시인을 닮아 오버하기 좋아하는 본인이 그의 부탁으로 '58년개띠연합회 콘서트' 축사를 쓰다가, 아예 천사 가수 최현의 노래로 태어난 작품이 바로 인기가요 〈58년 개띠 오빠〉이다.

> 가족을 위해 물 때는 확실히 물고 안 놓치는
> 나라를 위해 짖을 땐 확실히 짖어 쫓아내는
> 사랑을 위해 꼬리칠 땐 확실히 꼬리치는 58년 개띠 오빠
>
> **-58년 개띠 오빠 中**

기죽지 않고 오지랖 넓게 대전 바닥이 좁다고 쏘다니는 시인은 떠올리기만 해도 유쾌, 상쾌, 통쾌해지는 우리들의 자랑이다.

만담보존회장 장광팔

나는 "밤비"가 좋다

고단한 일상의 단상들을 아무런 꾸밈이나 여과 없이 담아낸 박영식 시집 《그러할진대》에는 승진 경쟁에 부대껴 온 공무원의 애환, 설움, 좌절과 분노를 시작(詩作)으로 극복하려는 처절한 용틀임의 흔적이 구구절절 숨어 있다.

그동안 겹겹이 쟁여놓은 통한과 짓무른 상처가 이번 시집을 발간으로 하여 눈 녹듯 녹아내리고, 그의 애절한 노래가 밤비 우는 소리가 아니라 훈훈한 솔바람 소리로 변모하기를 기대하여 본다.

夜雨 박영식이 12년 동안 박봉을 털어가며 일구어 온 '대전팝스오케스트라'의 제46회 정기공연이 3월 24일 저녁 7시 대전예술의전당 아트홀에서 펼쳐졌다. 그날 우리 모두가 그에게 힘찬 위무(慰撫)의 박수를 쳐준 것처럼 《그러할진대》는 우리 자신의 상처와 분노를 위로하고 어루만져 달래준다.

시인은 "말만 하는 고수보다 행동하는 보통 사람이 좋다"고 한다. 나는 "밤비"가 좋다.

치유명상음악가 평 산

그림: 목석애(미국동양대학교 미술학 명예박사)

시집 발간에 즈음하여

지인들은 나의 시를 두고 '뚝딱시' '생활시' '알통시'라고 한다. 메모한 키워드를 가지고 30분 정도 몰입해서 뚝딱 써내고, 일상생활에서 접하고 느낀 것을 편하게 토해내고, 이삼 일에 한 편의 시를 지어내는 튼튼한 알통을 지녔기 때문이다.

그들은 내 시에 한과 흥이 다양하게 녹아 있고, 담금질된 유머와 해학이 스며 있고, 인간의 고뇌와 철학적 사고가 함축되어 있으며, 삶의 의지를 표출하는 자신과의 혹독한 몸부림이 내재되어 있다고 한다.

이 시집은 지난 2년 동안 사람에게 상처받으면서, 그래서 술과 이야기하면서, 그래서 일에 몰두하면서, 그래서 자연을 벗 삼으면서 살아온 나의 생활이자 추억의 편린이다. 다소 시건방지고 의견이 다르고 현실과 부합하지 않는다 하더라도, 넓은 아량으로 이해하셨으면 한다.

이제까지 버틴 밤비(夜雨), 박영식에게 자축의 박수를 보내 좋은 말씀으로 격려해주신 도한호 님, 양문규 님, 장광팔 님, 신기용 님께 깊은 감사의 말씀을 드린다.

2016년 3월에

박영식

목 차

4_ 추천사

13_ 시집 발간에 즈음하여

21_ 일월에

시작(詩作)의 가피(加被) • 이합집산(離合集散) • 오늘은 청소 중입니다 • 머지않은 봄 • 가네요 • 평산에 살으리랏다 • 금산, 적벽강에서 • 대설의 출근길 • 만남의 신비 • 아이러니 • 느릴지라도 꾸준히 • 여인과 나 • 위, 아래의 조화 • 소곡주를 마시며 • 순수의 힘 • 술은 • 설날의 결심 • 예기치 않았던 상황에

43_ 이월에

산사의 야생화 달력 • 역지사지 • 진실 공방 • 시산제 • 밤비 • 회상(回想) • 보문산을 들랑거리며 • 빅토르 안 • 요물과 어울리며 • 큰 그림을 그리는 사람은 • 솟대를 보며 • 아낙네의 수다 • 친구가 그립다 • 잠녀, 해녀 • 차의 향기를 접하면서 • 고3, 아들을 보며 • 떼로 하면 순리인가? • 뜨더귀로 만들어 버티었건만

69_ 삼월에

망중한 • 잠자기 전, 카톡 • 사람들은 • 뱀과 비늘 • 너는 왜 지금 그 자리에 있느냐? • 콘서트 준비 • 산사 기행문 • 어려운 부탁 • 봄비를 맞으며 • 새로운 기회 • 대숲의 봄바람 • 때와 자리 • 오사(五死)와 오고(五苦) • 잘못된 만남 • 초행길 • 이제는 • 인생 2막 문턱에서 • 지금 따르는 잔이 • 인생 향연 • 지금 하는 일 • 58 행복 쉼터 • 쫄째 모임 • 호모 이벤트, 호모 페스티발

99_ 사월에

생일 다음 날 • 꽃과 사람 • 인연과 깨달음 • 무상(無常) • 방생 • 혼자 놀면서 • 으뜸나무 • 신언서판 • 나는 할 일이 없구려 • 다슬기에서 술잔으로 • 둘째 입대 삼일 전 • 밀리지 말자 • 현대판 사오정

117_ 오월에

모란처럼 • 사람과 예술 • 일에 대한 예찬 • 맹구주점(猛狗酒店) • 주(主)님과 주(酒)님 • 정(情) • 발원지(發源地)에 가다 • 불금 • 만남의 속성 • 삶의 향기 • 거울 속 자아(自我) • 호설의(號說儀) • 참배짱 • 그가 사는 날들

135_ 유월에

심우정사 가는 길 • 술 폭력 • 혼(魂)의 쓰임새 • 자랑 마오 • 취한 눈으로 홀로 세상을 바라보다 • 그러할진대 • 쉿, 비밀 • 기꺼이 나를 따르게 하려면 • 엉뚱해서 • 경계의 모호함 • 우리는 신(神)이 아니랍니다 • 충청도 사람

151_ 칠월에

새로운 마음가짐 • 질책과 박수 • 은갈치 • 나이 탓인가 • 나는 누구인가 • 세상은 녹록하지 않더라 • 이 생각 저 생각 • 제멋대로 아름답게 • 나는 아직 청년이다 • 오픈에 즈음하여 • 새숨생기방 • 꿈의 계시 • 현대인의 폰살이 • 혼자와 함께 • 이름대로 살 수 있다면 • 몽환포영(夢幻泡影) • 초딩 5학년처럼 • 한여름 밤

173_ 팔월에

늙음에 대하여 • 그냥, 가란다 • 흥이 날 때 • 칭찬을 들으며 • 집에 왔잖아 • 마음을 얻는다는 건 • 계절의 향기 • 맥문동(麥門冬) • 참새와 술꾼 • 어리숙한 사람은 • 그러면 안 된다 • 인생 여정과 53선지식 • 선문답(禪問答) • 그냥, 묻어가는 • 설렘의 연속 • 큰 울림 • 늦여름 밤에 내리는 가을 소나타 • 책임 배분 • 거꾸로 가는 열차 • 삶의 지혜 • 지쳤을 때 • 그건 아녀 • 여행의 맛 • 그곳에 도착하면

201_ 구월에

이제는 • 말장난 고수보다 • 삶의 중심 • 어이할꼬 • 또 다른 해석 • 나이가 들면 • 어긋난 돼지발톱 • 나의 길 • 한가위

213_ 시월에

삐지면 손해 • 윤슬 • 겉보다 속 • 그릇의 한계 • 뭐 하노? • 아름다운 만남 • 휴먼미팅매니저 • 담금질 • 조화와 순리 • 있기에 • 모처럼 기차를 타고 • 낙조(落照) • 해금(奚琴) • 품바 공연을 보면서 • 짝 • 가을 • 술을 마시는 까닭은 • 주왕산(周王山) • 언젠가 • 몰입(沒入)

235_ 십일월에

낭중지추 • 무소의 뿔 • 같은 단풍이라도 • 아직도 시험 중 입니다 • 올해의 인물 • 늦가을 오후 • 작호에 즈음하여 • 자다가 봉창 뜯듯 • 담기 • 알아차림 • 그럼, 그래야 • 도사리고 있음을 • 새 물대기 • 대도유무문(大道有無門) • 익숙함 속으로 • 엉뚱한 화두(話頭) • 손을 씻으며 • 첫눈은 • 그동안 수고했어요 • 리더십 • 해몽

259_ 십이월에

순탄하게 • 후생 인연으로 • 일의 방점 • 망각 • 더 가까워지기 • 절반의 반 • 잘 살아보자 • 고개 숙인 사람들 • 사십구재에서 • 나에게 오라, 2016이여

일월에

복수초.
야생화 중에서 가장 빨리 피는 꽃.
나도 장수와 복을 빌어 본다.

시작(詩作)의 가피(加被)

범인(凡人)들은 살아가면서 번뇌 망상을 잊고
행복을 찾기 위하여 갖은 노력을 다한다.

수행자(修行者)들은 최종 목표인
이고득락(離苦得樂)을 이루고자 무문관(無門關) 정진한다.

이를 얻고자 함에 신의 은총이나 부처님의 가피가
함께하면 힘이 나고 더욱 확고해질 것이다.

시(詩)를 짓는 동안
몰입하고, 내려놓고, 미워하지 아니하고, 차라리 잊고,
본래 참모습으로 사유하는 시간이 흐른다.

나는 이를
'시작(詩作)의 가피(加被)'라 부른다.

(2016. 1. 7.)

이합집산(離合集散)

치마 내리고 바지 올리고
치마 올리고 바지 내리고
치마 내리고 바지 내리고
치마 올리고 바지 올리고

치마 올리고 바지내리고

긴 고뇌의 시간을 지나
짧은 성취감을 맛보고

기나긴 이합의 터널을 지나
짧디 짧은 행복의 충전소에
잠시 머무르다 사라지더라.

(2016. 1. 9.)

오늘은 청소 중입니다

프로 운동선수에게도 슬럼프가 있지요.
나라 살림살이에도 불경기가 있습니다.
사람의 인생사(人生史)에도
바닥이 있습니다.
오르막이 있으면 내리막이 있지요.
우리 삶에도 언제나 굴곡(屈曲)이 있습니다.

오늘은 내 인생을 청소 중입니다.

(2015. 1. 11.)

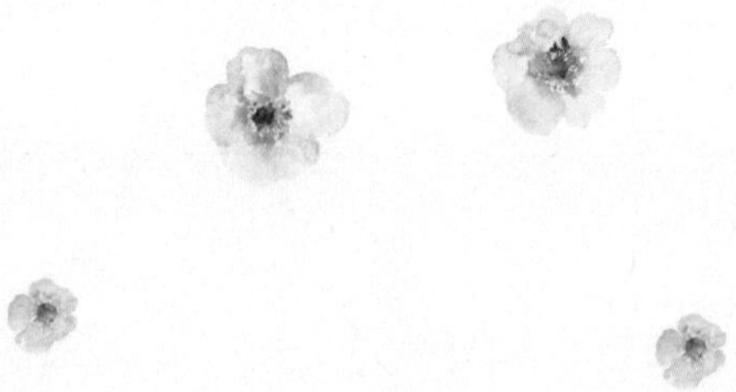

머지않은 봄

계룡산 자락에 살포시 눈이 내린다.
옷 벗은 겨울나무에게
내 두꺼운 옷을 입히고
서로 달래고자 인간사 지친 몸을
기대어 본다.

바위 곁 얼음덩어리가
내 맘속 응어리인 양 녹아내린다.
간간이 오르락내리락하는 아낙네의
재잘거리는 소리와 함께~~~

이내 개울물 소리 편안하다.

(2014. 1. 12.)

가네요

하루가 가네요.
덧없이
밤낮 속절없이
앞뒤 구분 없이 또 가네요.

괜스레 무섭네요.

(2015. 1. 14.)

평산(平山)에 살어리랏다

고려 개국공신 신숭겸의 후예(後裔)
타악기를 신명나게 두드리는 치유명상음악가
눈 깜짝할 새, 숟가락을 구불구불 휘였다가 말끔히 펴놓는 생활도인
인간과 신(神)의 경계를 넘나드는 기공음악가
흰 수염과 까아만 눈썹의 예술혼이 넘치는 아우라
그대 이름은 평산 신기용.

평산이 밤비 곁에 있어 하루하루 이어집니다.
그대, 부디 세상을 이롭게 하여 고려 왕건을 도와 나라를 세우듯
밤비와 같이 멋진 유토피아, 음악적이고 자연을 닮은
평산민국(平山民國)을 건국(建國)했으면 합니다.

(2016. 1. 16.)

금산, 적벽강에서

어느 무료하고 씁쓸했던 토요일,
휘영청 밝은 달과 함께 도착한
깊은 밤, 적벽강 언저리.

그곳에서 물어물어 찾아간 추억의 어죽 종갓집
나그네처럼 도토리묵에 술 한잔 걸치면서
어거지로 식당 방을 잠자리로 예약한다.

잠시 쉬러 나온 여인과 주인 아낙네
그리고 자연과 함께, 기나긴 얘기를 나누다
세파에 찌든 지친 몸은 이내 잠이 든다.

그 아낙네가 차려 준 아침밥을
고추씨 기름, 나물, 된장국, 날계란과 함께 비벼
안주 삼아 어제 마시다 남은 술로 해장을 한다.

다시 차를 타고 적벽강을 따라 이동한다.
아침에 보는 강변의 아름다운 펜션과 캠핑장.
"이 나이에는 이런 곳에 펜션 하나쯤은 있어야
세상을 약게 산 것이 아닐까?"
푸념 섞인 후회를 해 본다.

강변의 영롱한 이슬
강변의 살얼음
쓸쓸한 갈대
숨어있는 올갱이가 웃는다.

오늘 하루도 가치 있고
보람되게 산 것일까?
어제 먹다 남은 쥐포와 땅콩을 씹으면서
다시 일상으로 돌아올 채비를 한다.

(2014. 01. 19.)

대설의 출근길

세 개 합치면 밥 한 그릇인 눈덩이가
행인의 우산 위에도
도로의 자동차 덮개 위에도
게으른 사람 머리 위에도
왕눈이, 대설이 내린다.

아파트 베란다에서 상념에 젖고
아쉬움에, 출근길에 사색에 젖어
본의 아니게 자연을 핑계 삼아
출근길 몇 분 지각했네요.

순식간에 온 세상은 하얗고
모두 하얀 마음으로
서로 늦은 줄 모르고
조용히 앉아
나름대로 하루 일을 시작하네요.

(2014. 1. 20.)

만남의 신비

누구를 만났느냐에 따라
왕자나 거지가 될 수 있고
언제 만났느냐에 따라 밝음과 어둠이 시작한다.
어디서 만났느냐에 따라
천당과 지옥을 맛볼 수 있고
무엇을 위해 만났느냐에 따라 진실이 되거나 거짓이 될 수 있다.
어떻게 만났느냐에 따라
행복과 불행이 갈리고
왜 만났느냐에 따라 아름다움과 추함으로 구분된다.

만남의 신비가 가히 갸륵하다.

(2015. 1. 22.)

아이러니

설날 일주일 전
모든 사람은 좀 더 나아지기 위하여
새로운 결심을 한다.
나도 두 가지를 약속한다.

하나, 술은 반으로 줄인다.
둘, 좋은 사람을 배로 만나자.

좋은 사람과 즐겁게 만나려면
술을 줄여야 하고
많은 사람과 정감 있게 대화하려면
술자리를 자주 하여야 한다.

아이러니하다.
새로운 숙제에 봉착….
평생 안고 갈 나의 한계인가?
인간의 요원한 갈등인가?

(2014. 01. 23.)

느릴지라도 꾸준히

인생 오십 중반을 넘긴 즈음
지인들의 몸과 마음이 스러져 간다.
나도 알게 모르게 수시로 온몸이 처진다.

너무 빨리 삶을 달려온 것이 아닐까?
빨리 가면 빠르게 병을 얻는 것이 아닐까?

때로는 차 한잔을 음미하며 자신의 과거를
뒤돌아보는 마음의 여유를 가졌어야 하거늘….

가끔은 다른 사람에게 양보하고 베풀면서
오늘의 나를 끌고 왔어야 하거늘….

응당히 편안한 사람들과 건강한 식사와 느긋한
여행을 즐기면서 미래를 설계했어야 하거늘….

아, 느림의 미학.
느리게, 꾸준히 인생을 살아야
아름다운 삶을 영위하는 것일 게다.

(2014. 01. 24.)

여인과 나

조물주가 만들었다는 남과 여
선악과를 따먹어 원죄를 지었다는 아담과 이브
화성에서 왔다는 남자와 금성에서 왔다는 여자

여자는 사랑을 우선하고
남자는 일에 치우친다.
그 과정에서 말도 많고 탈도 많다.

남자이기에 일을 하면서도
여인은 동경의 대상, 그리움의 대상이다.
외로움에 대한 탈출구, 성의 해방구이다.

드센 여성도, 지적인 여성도, 독한 여성도,
차가운 여성도, 연민의 여성도, 따뜻한 여성도
나의 여인열전에 들어있다.

나름대로 일과 사랑을 위하여
그때그때 절실했으니 만났을 것이다.

돌이켜 생각건대 믿음을 바탕으로
어머니의 뱃속 같은 여성을 미리 만났더라면

사나이의 큰 나래를 멋지게 펼치지 않았을까?
가련한 내 삶이 좀 더 윤택하지 않았을까?
요즘에 와서는 서글픔까지 밀려오는 것은 왜일까?

세상은 넓고 여인은 많다는데….

(2014. 01. 25.)

위 아래의 조화

물은 위로 불은 아래로
머리는 시원하게 발은 따뜻하게
이것이 삼라만상의 가르침인지라.

사연이 많아 수강화승(水降火昇)
오지랖 넓어 두열족한(頭熱足寒)
욕심, 경쟁, 이기심이 스트레스임을 알면서….

이제는 서로의 행복을 위하여
본연의 마음을 들여다보자.
너와 나의 조화, 하모니, 힐링
화음을 잘 이룬 콘서트처럼 조화를 이루게 하자.

(2014. 1. 26.)

소곡주●를 마시며

누군가를 기다리며
앉은뱅이술을 마신다.
망국의 왕, 백제 의자왕도 이 술을 마시며
마음을 한없이 다스렸을 것이다.

시간과 공간을 떠나
왕복 8차선 도로가에서
간절한 마음을 달래며
나도, 그냥 그렇게 소곡주를 마신다.

(2015. 1. 26.)

● 소곡주(素麯酒)는 누룩이 적게 들어간다 하여 붙여진 이름으로, 멥쌀과 고운 누룩가루로 빚은 한국의 전통주이다. 술이 좋아 취하는 줄 모르고 마시다가 그 자리에 주저앉게 된다고 해서 '앉은뱅이술'이라고도 불린다.

순수의 힘

순수함은 생각나는 대로 거리낌이 없고 표현이 서툴다.
순수한 만남은 어수룩하다.
추진력이 있고 고집스럽다.

때로는
천진난만한 어린아이이고
까까머리 동자승이고
사람들과 섞이지 않은 외로운 영혼의 소리이다.

나만 살겠다는, 우리들만 편안하자는
논리만 난무하는
눈 가리고 아웅 하는 시궁창 같은 세상에서

생각나는 대로, 만남대로
붓 가는 대로 거침없이
이 꼴 저 꼴 신경 쓰지 않고 그냥 살고 싶다.

(2014. 01. 27.)

술은

진정한 대화에 우선할 수 있고
잘 곰삭은 음식이나 친구에 견줄 수 있다.
슬픔을 달래고 다음 일을 슬그머니 하게끔 한다.
작은 실수를 인정함으로써 또 다른 인맥을 만들게 한다.
무미건조한 삶을 맛깔스럽게 하고, 사람살이를 어우렁더우렁하게 한다.
삶의 애환을 날려 보내고 잊을 건 잊게 한다.

건강하지 못하면 장복할 수 없으니
최소한의 몸 긴장을 유지하게 한다.
취하여 여러 번 실수하면 왕따당하므로
스스로 조신함을 깨우치게 한다.

적당한 음주는 쓸데없는 근심을 사라지게 하고
영웅호걸의 호연지기를 느끼게도 한다.
그러나 불변의 진리는
술에는 장사 없고 중독에는 천사 없다.

(2014. 01. 29.)

설날의 결심

나이를 먹긴 먹었나 보다.
어느새 조직의 맏형이다. 만났다 하면 후배들이다.
그렇다면 제대로 해야겠다.
이제까지 살면서 터득한 지혜를 발휘하고
주변의 선량한 인재를 찾아 돕고
후학을 키우고 새로운 인맥을 형성하는 일.

더 나아가, 그들의 강점을 살려주고
필요할 때 지인들을 연결해주고
약점을 보완해 주는 멘토 구실.

그것이 바로 상생이요, 확실한 자산이요
진정한 노후 설계가 아닐런가.

스스로를 채찍질하면서
위엄 있고 다듬어진 맏형이 되는 길을 찾아
끊임없이 노력하리라.

(2014. 01. 30.)

예기치 않았던 상황에

아니야, 내가 왜
부정한다.

그놈의 사기꾼
분노한다.

그래도 참고 해 보자
타협한다.

이 값밖에 하지 않아
절망한다.

그래 내가 어리석었지
수용한다.

어느 날 갑자기 예기치 않은 상황에
나 또한 어쩔 수 없었다.

(2015. 1. 31.)

이월에

변산 바람꽃.
맑고 고운 변산 아씨
저를 보아 주세요.

역지사지

타인은 배려하지 않으면서
자신이 하는 일은 아낀다.
타인이 하는 일은 하찮게 여기면서
자신이 하는 일은 중요하게 여긴다.

편협한 마음으로 세상을 바라보는 사람의
세상은 거짓이 많다.
난관에 부딪혔을 때 제대로 풀지 못하고
일하는 중에 잦은 실수를 범하거나 암초를 만난다.
주변 사람들에게 크고 작은 상처와 고통을 준다.

넓은 마음으로 세상을 바라보는 사람의
세상은 진실이 많다.
조금 손해 보는 듯, 조금 양보하는 듯하면서
소인배가 아닌 대인배로서
역지사지해야 한다.

(2014. 2. 1.)

산사의 야생화 달력

마음자리가 어지러워 산사에 올라
주지 스님과 합장을 하고
키우고 있는 유기견 강아지와 영혼의 눈을 맞추었다.

염불 소리, 목탁 소리, 풍경 소리와 함께
곡차를 마시며
야생화 달력을 펼쳐 자연의 오묘함을 음미한다.

1월, 복수초
야생화 중에서 가장 빨리 피는 꽃,
나도 장수와 복을 빌어 본다.

2월, 변산 바람꽃
맑고 고운 변산 아씨
저를 보아 주세요.

3월, 할미꽃
시집 보낸 손녀를 그리워하다가 죽은 할머니의 무덤에서
피었다는 전설의 꽃,
희고 긴 털이 많아 '백두옹(白頭翁)'
꿈 속에서 그리던, 곱디 고운 그분이 생각나네요.

4월, 광대나물
어릿광대가 묘기를 부립니다.
붉은 자줏빛 꽃이 잎겨드랑이에서 여러 개씩 돌렸네요.
'봄맞이꽃'이라니 얼마나 설렘으로 겨울을 났을까요.

5월, 돌개미자리 꽃
궁금합니다, 그 이름이….
흰 꽃의 자태가 예사롭지는 않군요.

6월, 양장구채
말의 먹이로 풀과 함께 섞여 왔다는
제주도의 귀한 손님이라네요.
신명나게 장구 치는 여인처럼, 그 채를 소중히 하지요.

7월, 산매자나무
꽃이 예쁘면서 특이한 진달랫과 소관목,
참 귀엽기도 하여라.

8월, 정금나무

블루베리와 닮은 토종 열매,

각종 질병 예방한다네요.

정금 열매로 담근 술은 부부 금실을 좋게 한다니까,

마십시다요.

9월, 하늘타리

하늘에서 내린 약초이자

수박을 닮아 하늘수박이라고 불립니다.

좋은 소식을 전해줄 겁니다.

10월, 이끼꽃

오래된 바위 위에 우담바라꽃처럼 핀 이끼꽃,

주렁주렁 말캉한 빨간 이끼꽃,

싱그러운 눈 속의 초록이끼, 대롱대롱 수정처럼 영롱한 이끼꽃,

정말 아름답고 다양하구나.

11월, 갯쑥부쟁이

일렁이는 파도 소리 그리워 척박한 곳에서 피는구나.
'옛사랑'이라니 외로운 이 인생도
잠시 옛 여인이 그립도다.

12월, 낙엽

얼음 속에 갇혔구려.
한때는 화려한 단풍의 시간을 보내고,
잊히기 싫은 듯 더 선명하도다.

(2014. 2. 2.)

진실 공방

미궁이다.
치유 아닌 치유, 해결 못한 해결, 이해 안 된 설득.

당사자의 어설픈 재현, 어줍잖은 반응
해결사의 보이지 않는 내면의 갈등
언뜻 믿음이 가지 않는 단초들, 어쩔 수 없는 조력자.

평생 그림자처럼 따라다닐 양심의 구김살
떳떳하지 못해 술과 함께 이어지는 괴로움
자유롭지 못한 영혼의 흔들림.

망각하면 좋으련만
어쩌다 튀어나오는 앙금과 상처.
무엇이 더 현명했을까?

그래도 치유하지 않는 것이, 해결하지 않는 것이
설득하지 않는 것이 더 인간적인가.
진실은 언제 말할 수 있을까.

(2014. 2. 8.)

시산제

이른 새벽에 몸을 정갈하게 하고
관광버스에 몸을 싣는다.
보는 사람마다 새해 덕담을 건네며
자리를 잡고 동행인을 확인하니
대부분 원숙미 흐르는 중년의 아저씨, 아줌마이다.

전남 신안군 압해도 연접, 230m 송공산을 가면서
돼지머리 · 시루떡 · 막걸리
대추 · 밤 · 감 · 배 · 사과
돗자리 · 촛대 · 양초 · 향 · 일회용품 등등을 준비하여
낮은 산 겨울산행이라
후미대장 감투를 쓰고 어린아이처럼 미소 짓네.

구름 사이로 해가 들랑날랑
산 사이로 눈송이가 오락가락
시산제에 참석한 산악회 회원들 두루 평온하라고
인류가 행복하라고 제를 올린다.
선포 - 묵념 - 산악인 선서 제창 - 강신 - 참신 - 초혼 - 독축 - 아헌 - 종헌 - 헌작 - 음복 - 소지.
유세차 단기 4347년, 서기 2014년, 축문을 읽고
돼지머리에 돈 만 원 꽂고 재배를 올린다.

묵상으로 산허리를 한 바퀴 돌면서
못생긴 나무가 선산을 지킨다고
끝까지 성실할 것을 다짐해 본다.

(2014. 2. 9.)

밤비

촉촉한 밤비가 맛나게 내린다.
어느 여인이 함께할 듯하다가
멍청하게 집구석에 있는다고 한다.
밤비는 괘념치 않는다.
우두커니 내리는 시간과 공간을 한참 음미하다가
그래도 우중(雨中)엔 필주(必酒)라.

이미 발걸음은 술집으로 향하고
한 잔 두 잔 세 잔을 마시고 나니
아낙네 같은 밤비는 창밖에서 쉬임 없이 내리고
나는 술에 젖는다.
황진이와 함께하듯 젖는다.
추억의 여인열전에 젖는다.
생의 흥과 한에 젖는다.
내가, 밤비가, 밤비에 젖는다.

(2016. 2. 13.)

회상(回想)

2014년, 청마의 해. 나는 서대전초등학교 22회 졸업생이다. 졸업한 지 44년이 지났다.

그럼에도 교실, 복도, 단체 체벌, 칠판과 분필, 졸업 앨범, 소풍, 가을 운동회, 운동장 조회, 장학금 전달, 사랑의 매, 토요일 환경미화, 대청소, 야구부 단체 응원, 미끄럼틀, 시소, 등하굣길 안전 깃발, 교장 선생님, 운영위원장, 학부모 회장, 어린이 회장, 반장, 부반장, 줄반장, 학교 소사(召使), 급사(給仕), 학교 담장, 느티나무, 코스모스, 미루나무, 용머리 언덕, 주변 고아원 아이들, 주변 미군 부대, 까막고무신, 까까머리, 아이스께끼와 같은 말에 친구들과 나눈 이야기와 사연이 두서없이 연상된다. 그때, 함께 한 사람들이 그리워진다.

만시지탄인 감이 없지 않으나 뜻있는 사람들이 모여 초등학교 총동창회를 창립했다.

난, 준비위원이자 축하공연 담당, 창립식 사회를 맡아 모임을 빛내고자 성심성의껏 기획하고 섭외했다. 후학 양성과 모교 발전의 계기가 되길 성실·봉사·창의를 몸소 실천하는 졸업생들이 나오길, '사랑이 머무는 교실, 꿈이 자라는 학교'가 되길 빌어본다.

(2014. 2. 14.)

보문산을 들랑거리며

케이블카와 동물원, 수영장, 야외 음악당이 있던 곳.
대전 시민의 추억이 깃든 보문산 진입로에
우연하게도 하나의 건물 1층과 2층에
사연 많은 두 지인이 음식점을 개업했다.

그런 연유로 쥐뿔도 없는 내가 실내 인테리어 공사 중에
시쳇말로 대박나라고 주변의 식당에서
보리밥 · 막걸리 · 파전 · 도토리묵 · 순두부 등을 주문하여
주린 배를 채우고 쓰잘데없는 농담을 하면서 용기를 준다.
개업 후엔 매상을 올려주어야 하는 의무감도 느끼면서….

좋은 일 하면 좋은 인연이 덤으로 생기게 마련인지라
잘 나가던 옛 여인과 실내 벽화를 그리는 여인을 만났다.
또 인연이 이어질 여인은 어떤 사람일까
옛 추억과 꿈을 찾아
산들바람 맞으며 나이든 나무 사이로
보리밥, 막걸리 먹으러 보문산을 오른다.
지인 안부 묻고자 소풍 가는 설렘으로 들랑거린다.

(2014. 2. 15.)

빅토르 안

2014년 소치 동계올림픽 쇼트트랙 1,000미터 결승.
그야말로 분노의 질주였다.
그도 울고 그의 아버지도 울고 나도 울었다.

왜 그는 국적을 바꾸어야 했을까
왜 안현수가 빅토르 안이 되어야 했을까
오죽했으면 그러한 선택을 했을까
가진 자들의 오만함으로 인재를 조직에서 왕따시키고
유능한 인재를 파벌싸움으로 밀어내고
이런 일이 비단 스포츠계에서만 일어나는 일일까
안현수에게만 일어났을까?

패거리 줄 세우기와 이기주의 행태는
능력자를 왕따시키고 따뜻한 사람을 찬밥으로 만든다.
답답하고 안타깝다.
능력 있는 사람이 일을 할 수 있도록
조직으로부터 개인의 불이익이 최소화하도록
근본적인 예방책을 강구해야 한다.
'빅토르 안 법'을 제정해야 한다.

(2014. 2. 15.)

요물과 어울리며

낯술에 젖었다.
문득 스쳐가는 인생
요망하고 간사한 것들이
나와 평생 동행하는 듯하다.

착하고 순진한 놈도
돈에 속아 만신창이가 되고

강하고 난 놈도
술을 못 이겨 개와 떡이 되고

요물들의 눈짓 손짓에
아무렇지도 않게 제 갈 길을 가야 하는데
나는 오늘도 끌려간다.

(2014. 2. 16.)

큰 그림을 그리는 사람은

작은 일에 매달려서
서로 아옹다옹하다가
보통 사람은 매사를 단편적으로 본다.

사람의 심정을 헤아려
타인의 뜻을 잘 이해하고
언행이 일치하면 큰일을 할 수 있다는데.

큰 그림을 그리는 사람은
지금 이 순간에도
흙 한 줌 옮기는 일을 멈추지 않는다.

큰 그림을 그리는 사람은
작은 일에 연연하지 않는다.

(2015. 2. 16.)

솟대를 보며

마을의 수호신, 솟대
소망을 비는 장소, 소도(蘇塗)는
땅과 하늘을 이어준다.
인간과 신을 이어주는
우리들 영혼의 안식처이다.

음력 정월 열여드렛날,
인간사 무정함을 열여덟 해 오롯이 느끼고
솟대를 보며 간절히 빌어 본다.
다시 태어난다면
땅에서는 연리지(連理枝)[•]로
하늘에서는 비익조(比翼鳥)[•]로 태어나길 빌어 본다.

마음 고운 짝과 소박하게 살 수 있는
나만의 느낌이 있는 그곳,

• 연리지 : 뿌리가 다른 나뭇가지가 서로 엉켜 마치 한 나무처럼 자란 것.
• 비익조 : 암컷과 수컷이 눈과 날개가 하나씩이라 짝을 짓지 않으면 날지 못하는 전설의 새.

눈 감으면 아련히 떠오르는
어머니의 품과 같은 그곳.

아! 나만의 토포필리아(topophilia)● 에서 살고 싶다.

(2014. 2. 17.)

● topophlila : 장소애(場所愛), 특정 장소에 대한 사랑.

아낙네의 수다

자연을 벗 삼아 좋은 공기 마신다.

더덕구이 안주 삼아 더덕동동주 몇 잔 걸치고 잠자리 바꿔어 엎치락뒤치락한 다음, 땀 빼는 황토 찜질방에 들어가 아낙네들의 수다를 듣는다. 헐렁한 황토색 상의와 반바지 차림으로 둘러앉아 상대의 숨소리가 들리는 반원형의 황토 동굴에서 산중한담을 연거푸 쏟아낸다.

어떤 이는 농사짓는 얘기와 가벼운 신랑 험담, 어떤 이는 주위 사람의 재능과 버릇을 상세하게 표현하고 어떤 이는 집안 행사와 최근 행사를 평가한다.

그중 어떤 이의 수다.

아들, 딸, 손주는 보물 원조, 행복 원조라 하고 남편이 존경스럽다고 한다. 요즘도 신랑이 얘기를 시작하면 보던 TV를 끄고 경청한단다. 본인이 그렇게 하니까, 자식들까지 본받아 집안이 화목하단다.

(2014. 2. 19.)

친구가 그립다

각양각색의 사람들
딱정벌레, 사슴벌레, 하늘소처럼 구분은 안 되지만
처음 대하는 낯선 환경들
하늘에 떠 있는 별처럼 구분은 안 되지만
지지고 볶고 끓이는 다양한 음식들
얼레벌레하는 선머슴처럼 구분은 안 되지만

그래도 내가 사는 이유는
이해하려고, 사랑하려고
노력하는 맛이 아닐까?
설날같이 좋은 날엔
곰삭은 묵은지에 탁배기 한 사발
함께할 친구가 그립다.

(2015. 2. 19.)

잠녀, 해녀

해삼 멍게 전복 잡고 파는 그대 이름은 잠녀, 해녀
아름다운 서귀포 천지연, 천제연, 정방폭포 언저리에서
관광객에게 건강을 잡고 파네.

언제 그댈 보러 다시 오나 아쉬움만 그윽한데
내 마음 아는 양, 저 멀리 한라산 정상에선
봄을 맞아 잔설 잔설이 잔잔하게 눈물로 가름하네.

(2016. 2. 20.)

차의 향기를 접하면서

아우가 '수다'라는 찻집을 열었다.

빼어날 수(秀), 차 다(茶). 스님이 지어 준 상호로 여인들의 수다를 뜻하기도 한다. 대전시청 옆 아르누보 팰리스 1층에 있다. '아르누보(art nouveau)'는 새로운 예술이란 뜻으로, 20세기 초 유행한 장식 양식이다. '수다'는 아르누보 건물에 새롭게 인테리어를 한 새로운 찻집이다. 예술과 생활을, 현재와 미래를 통합한 공간이다.

홍차 · 커피 · 보이차 등 좋은 차를 마시면서 바리스타 설명을 들으면서, 다과 · 다기 · 다로 · 다완 · 찻상 · 찻잔 · 차호 · 차포를 어루만진다. 다도 · 다례 · 포차법 · 끽다법에 익숙해지며 수다에 젖어든다.

좋은 얘기, 좋은 생각을 하면서 따뜻한 가슴을 가진 남녀노소와 청담(清談)을 즐기고 미래 설계, 퇴직 후 설계도 곁들이면서 새로운 아이디어 구상처이자 일상의 휴식처로 삼아 본다.

차는 차와 선이 하나의 맛으로 통한다. 색향미(色香味)의 조화로 마신다고 한다. 차 마시는 사람이 물맛의 우열을 평가하는 것을 품천(品泉)이라고 하는 데, 물맛이 차맛을 결정하므로 좋은 물을 사용한다. 그래야 뼛속 깊이 뚫고 들어가 인간의 삿된 마음을 몰아낸다. 차의 향기를 무의식중에 체득하여, 주두다각(酒頭茶脚)하는 예의도 배우고 생활 속에서 평정심과 중정(中正)도 잃지 말아야 한다.

차로 인하여 마음의 향기 · 인품의 향기 · 나이의 향기 · 인간의 향기를 느낄 수 있도록 해야 할 것이고 '참 좋아 보이네요' 하는 말을 들을 수 있는 편안한 얼굴이 되었으면 좋겠다. 또한 밝은 마음, 맑은 마음이 새록새록 돋아났으면 좋겠다.

음다(飮茶)하면서 인생 여정의 동반자를 찾고, 가끔은 시상을 떠올려 멋진 시작(詩作)을 하면서 덤으로 외로운 침실에 촛불 같은 여인도 찾았으면 좋겠다.

(2014. 2. 22.)

고3, 아들을 보며

막내인 셋째 아들은
내 고교 동문이자 예비 후배로 고3이다.

아빠로서 바라건대
음식과 건강 그리고 잠 잘 챙겨서
목표 설정, 학습 계획 잘 세워서
부디 본인이 원하고 재능을 발휘할 수 있는 대학교와
전공학과에 당당히 입학하길 바란다.

옛말에 보기에 마냥 좋은 모습은
제 새끼 입에 밥 들어가는 모습과
제 논에 물 들어가는 모습이라고 했던가?
나는 자식이 조용히 공부하는 모습이 더 좋더라.

어차피 할 거면 사내대장부의 진로,
고독한 싸움을 즐기면서 선택과 집중으로
인생을 두려워하지 말고
무모하리만큼 그림을 크게 그리고 그것을 자양분 삼아
큰 그릇이 되길 바란다.

(2014. 2. 23.)

떼로 하면 순리인가?

출근길에 조우한 비둘기 떼, 참새 떼
인기척에도 비키지도 않네.
횡단보도를 건너는 사람들 사이로
도로 위 차량 행렬 앞다투어 가네.
흙 속의 새싹들과 목련나무의 꽃망울들이
봄의 향연을 준비하며 소리 없이 분주하네.
홀로 될 자신을 잊은 채, 떼거리로 분주하네.

퇴근 길, 건물과 가게에 걸어놓은 안내 문구가
무슨 말인지 야릇하다.
재수 정규반 모집, 재수는 정규가 아닌데…
금이빨 삽니다, 남의 이빨을 왜 사려는지
오직 예수, 남을 사랑해야 한다고 하면서 오직 예수란다.

(2014. 2. 24.)

뜨더귀[●] 로 만들어 버티었건만

때가 또 왔다.
비렁뱅이 자루 찢기 하듯 아옹다옹,
꼬이고 꼬인 삶들이 팔각 옥타곤 격투기 파이터로 변신하는
4년마다 겪는 국민적 환지통(幻肢痛).

그런 무리에 끼기 싫어
자연과 식생(植生)을 벗 삼아 외면하고
나만의 가치를 찾아 개인적인 불이익을 감수하며
그나마 쌓인 내공을 뜨더귀로 만들어 버티었건만
이젠 어쩔 수 없이 사각 링으로 나를 가두네.

사람살이 공간은 서로를 보듬어 주고
훈훈하여야 하거늘
인생은 한낱 그림자, 물거품, 뜬구름인데
어찌 이리도 시끄러운가.

(2014. 2. 27.)

● 뜨더귀 : 조각조각으로 뜯어내거나 가리가리 찢어 내는 짓. 또는 그 조각.

삼월에

할미꽃.
죽은 할머니의 무덤에서 피었다는 전설의 꽃
희고 긴 털이 많아 백두옹(白頭翁)
꿈속에서 그리던, 곱디고운 그 분이 생각나네요.

망중한

계룡산, 으뜸 봉우리 천황봉
그 언저리 장군봉.
산자락 아래에서 위를 올려다보고
스스로를 낮추어 겸손한 자세를 배운다.

도회의 일일랑 잠시 잊어버리고
못다 한 정담에 발걸음이 한가하다.
이정표 없이 자연을 노닐며
산이 베푸는 기를 한 아름 받는다.

(2014. 3. 1.)

잠자기 전, 카톡

사람은 꼬꾸라질 때 잘 꼬꾸라져야 합니다.
힘 있을 땐 어영부영하다가 꼬꾸라질 때 손 벌리면 참 밉상이지요.

말로만 지껄이다가 행동을 아니하는 자는
사기꾼으로 오해받을 수 있습니다.

나는 오늘 너무 추잡한 꼴을 접하고 집으로 향합니다.
남에게 짐만 지우고 잘난 척 하다가 괴로워하는 자에 대하여
많은 생각을 하면서 말입니다.

나는 철학이 있습니다.
누구보다 최선을 다합니다.
머리가 좋다고 남들이 말하는데도 말입니다.

나는 프로입니다.
아마추어가 날 깜볼 때에는 화가 많이 납니다.
배워야 할 놈이 남을 가르치려 하다니 정말 아니지요.

자기 전에 이렇게 장문의 카톡을 그 누구에게 썼습니다.
조금이나마 칭얼거리면서 풀고 자려는 것입니다.

조금, 후련하군요.

그렇다고 그가 제 마음을 다 알겠습니까.

이제 자렵니다.

(2015. 3. 2.)

사람들은

누구나 자기 입장에서 판단한다.
드잡이하면서 죽일 놈 살릴 놈 해봐야
승부도 안 나는 피곤함뿐이다.
가타부타 왈가왈부 따지지 않고 지나가다 똥 밟은 걸로 치자.
세련되지 못한 나의 언행을 반성하면서
흥분을 가라앉히고 참을 인(忍) 자 세 번 새긴다.

마음이 찝찝하여 모든 일정을 취소하고
가장 안락한 내 침대 위에서 나만의 여행을 떠난다.
다음 날 편안한 일상을 기대하면서
잠시 외부 세계와 단절해 본다.

출근길에 만난 사람들 아무 일도 없는 듯
지인이 인사를 건넨다.
잘 모르는 사람도 상냥하다.

내가 이상한 걸까?
어제는 왜 마음이 괴로웠던 것일까?

어제의 감정은 어디로 갔을까?
아찔하다. 좌우지간 잊으려고 일상으로 돌아간다.
사람들은 그렇게 잊고 산다.

(2014. 3. 3.)

뱀과 비늘

뱀은 다리와 날개가 없어도 어디든 간다.
뱀은 귀가 없어도 민첩하게 움직인다.
뱀은 눈꺼풀이 없어도 사물을 정확하게 본다.
뱀은 영리하고 지혜롭다.

뱀은 이름이 배움이었는데
오랜 세월이 지나 발음이 뱀으로 바뀌었다고 한다.
뱀은 비늘이 있어 매년 허물을 벗는다.
모든 동물은 제 허물을 벗지 못하면
배움을 얻지 못한다고 한다.
뱀은 비늘이 있는데
늘 비우자는 말이란다.

(2014. 3. 4.)

너는 왜 지금 그 자리에 있느냐?

무엇 때문에 하루바삐 움직이다가
너는 왜 지금 그 자리에 있느냐?

하루 온종일 누군가와 무언가 주고받다가
너는 왜 지금 그 자리에 있느냐?

쉼 없이 먹고 삼키고, 뱉고 싸고 하다가
너는 왜 지금 그 자리에 있느냐?

알쏭달쏭 참과 거짓, 진실과 망상 따지다가
너는 왜 지금 그 자리에 있느냐?

바른 인연과 삿된 인연의 경계도 모르면서
너는 왜 지금 그 자리에 있느냐?

(2014. 3. 7.)

콘서트 준비

오케스트라 준비 요원이 되었다.
그 준비 과정은 마라톤에 버금가고
자신과의 싸움이며 끊임없이 지치는 일이다.

후원회 정기모임을 갖고 제일 큰 공연장 대관을 계약했다.
몇 차례 스태프 회의를 거치면서 게스트와 프로그램을 확정한다.
그리고 후원기관과 협찬사를 물색하고 표와 홍보 전단지를 인쇄한다.

팸플릿이 나올 즈음이면 마(魔)의 삼십 킬로 지점에 다다른 마라톤이다.
그 이후 티켓팅, 리허설, 선입금, 막바지 우여곡절이 이어진다.

그야말로 지옥훈련 과정이다.
콘서트 준비는 마라톤이다.

(2015. 3. 10.)

산사 기행문

공직생활 31년차, 일터에 나가기 싫어 아우뻘 되는 지인과 철쭉축제로 유명한 황매산 군립공원에 있는 법연사로 향했다. 예로부터 황매산은 무학대사 수행처이자, 태조 이성계가 왕이 되도록 기도를 올린 곳으로 유명하다. 수량이 풍부하고 기온이 온화하며 황(黃)은 부(富)를, 매(梅)는 귀(貴)를 의미하고 풍요함을 뜻하는 곳이다.

대전에서 함양, 산청, 합천 방향으로 내비게이션의 안내를 따라간다. 꾸불꾸불한 인생 여정처럼, 속세를 떠나려는 연약한 인간들처럼 산속으로 산속으로 2시간을 이동했다.

드디어 차가 멈추자 일단 해우소에 들어가 몸의 근심을 덜어냈다. 주변을 조망하니, 병풍 같이 우뚝 솟은 연화봉이 달마 형상을 하고 있다. 잘 세워진 법연사의 대법전, 명부전, 황금오층쌍탑이 한 눈에 들어왔다. 우리들을 초청한 교구장, 연사(然士)라고 하는 분이 우리를 퍽 따뜻하게 맞이한다. 법연사는 불교 종단의 하나인 '법연종'의 총본산이다. 이 사찰의 창건주이자 최고의 고승인 회주(會主)스님은 큰 스님이신 '조연스님'이다.

도착한 날이 '황매산 법연사 갑오년 정초 대운 기도' 두 번째 날이었다. 1,000여 명의 신도들이 4박 5일 동안 하루 세 번, 3시간씩 9시간을 참선하는데, 기도하러 온 사람들로 사찰 안팎이 분주하다. 왜 이런 행사에는 여성들이 훨씬 많을까?

난생 처음 체험해 보는 3시간의 기도를 하기 전에 이곳 연사(然士)의 안내로 사찰을 둘러보았다. 대법전과 명부전의 단청은 빼어났다. 특히 명부전은 만(萬) 불전을 조성하여 연자(然者) 누구나 자연을 깨달아 살아생전 성인이 되고 죽어서는 아미타 부처님이 계시는 서방극락정토 세계로 가도록 특별 설계되어 있었다. 몽골 왕실에서 온 부처님의 진신사리를 봉안한 황금오층쌍탑은 이색적이다.

향후 황매산 산왕대신을 모실 장소는 걸림이 없이 확 트인 명당자리였다. 그리고 바둑을 두는 신선도. 수백 개의 된장과 간장을 담은 장독대와 항아리. 각종 연꽃 기둥과 조각. 신선암이라는 호랑이굴. 호랑이굴에 핀 우담바라꽃은 그날의 행운을 더하게 했다.

황매산도 식후경이라고 했던가?

주변 맛집을 찾아 북어 요리로 점심을 하기로 했다. 식당 벽에 붙여놓은 글귀가 눈길을 끈다. 영양이 풍부한 북어의 변신이 다채롭다. 금방 잡아 싱싱한 것은 생태. 얼린 것은 동태. 얼렸다 녹였다 반복하며 노랗게 말린 것은 황태. 새끼는 노가리. 15일간 꼬들꼬들 말린 것은 코다리. 그냥 건조한 것은 북어. 좌우지간 얼큰하게 두부와 같이 요리한 북어에 밥 한 사발 뚝딱 치웠다.

이윽고 정근기도. 주최 측 스님 네 사람이 '지장보살' 네 단어를 90분, '황매산 산왕대신' 일곱 단어를 90분 총 3시간 동안 반복적으로 연신 독송하면 참석한 일반 신도들이 따라하거나 기도한다. 같은 단어 독송을 2,000여 번 쉬지 않고 행하는 정신수양이다. 일종의 자기최면, 주문 같이

● 기도의 종류는 다양하다. 49재, 망태아, 100일, 동지, 삼재, 정초, 칠석, 백중, 용맹, 특별, 방생, 생축, 수능100일 기도 등등이 있다.

느껴졌다. 같은 단어를 계속 듣고 따라하다 보면 뇌기능의 혼란으로 헛소리로 들리기도 한다.

사람 수만큼이나 사연도 많아서일까. 어떤 신도는 돈독한 불심이 느껴진다. 이 시간, 이 장소에 왜 이리 많은 사람들이 모여서 이럴까? 다소 힘든 3시간, 수행자가 만들어 내는 4인 3시간의 마음공연이 아닌가? 180분의 내공 힐링 콘서트가 아닌가?

저녁은 고기류가 섞이지 않은 카레덮밥으로 간단히 한 다음, 잠시 야간 사찰을 조망했다. 다음 3시간 기도를 하면 또 다른 새로움을 느낀다는 관계자의 조언을 뒤로 하고 아쉬움을 남긴 채 속세로 돌아왔다.

(2014. 3. 11.)

어려운 부탁

건강이 좋지 않은 지인이
나쁜 남자인 나에게 산삼을 부탁했다.

나는 심마니도 아니고
먹은 경험도 없다.
천종, 지종, 인종 산삼을 구별하지 못한다.
세간의 소장마니 겸 어인마니 아류들에게 맡기기로 한다.

몇 날 며칠 무반응, 무소식.
캐는 것도 지성(至誠), 구하는 것도 지성일진대
하는 수 없이 어느 날 목욕재계(沐浴齋戒)했다.

연락이 왔다. 지성이면 감천(感天)이라더니 기뻐서
세 번 외쳤다. 심봤다! 심봤다! 심봤다!
그리고 정중히 지인에게 등기로 보냈다.
내 몸이 나은 듯 마음도 후련하다.

(2014. 3. 12.)

봄비를 맞으며

비는 겨우내 달콤한 꿈을 꾸다 살포시 내린다.
개구락지 놀라 잠이 깰가 살그머니 온다.
농부에게 농기구 얼른 정비하라고 가늘게 재촉한다.
만물이 소생하도록 대지를 촉촉이 적신다.

그렇게 보슬보슬 내리니
작년에 어느 산자락에서 먹었던
방풍나물을 먹고 싶다.

우중필주(雨中必酒)라
오래된 친구 불러서
시원한 막걸리 한잔하고 싶다.

(2014. 3. 13.)

새로운 기회

누구에게나 시련은 있습니다.
고통은 언제나 존재합니다.
그 아픔을 노력하여 극복하면
그 시간을 슬기롭게 이겨내면
새로운 삶을 만나는 기회가 옵니다.
과거에 집착하면 새로운 인연도 돌아갑니다.

(2015. 3. 14.)

대숲의 봄바람

대나무 숲에서
잎과 줄기가 심하게 흔들리네요.
댓잎이 서로 부대끼는 소리만 들리고
이는 바람은 그림자조차 보이지 않네요.

벌써 여인의 옷자락엔 봄이 묻었고
생김새도 없는 바람이
보드라운 살결로 간지럽히네요.

형체도 없는 그 바람
왔다 가는 허무한 우리네 인생 같고
또다시 찾아온 봄 기운에 덩달아 들뜰 때,
봄바람이 남정네를 간드러지게
희롱하고 있네요.

(2014. 3. 15.)

때와 자리

살면서 혼란스러울 때가 있지요?
술값이나 밥값을 내야 할 때는 내야 합니다.
비행기나 기차를 타야 할 때는 타야 합니다.
누군가를 사랑해야 할 때는 사랑해야 합니다.

살면서 어정쩡한 자리가 있지요?
있어야 할 장소에 있는 물건은 어울립니다.
있어야 할 곳에 있는 꽃은 아름답습니다.
있어야 할 자리에 있는 사람은 멋있습니다.

(2014. 3. 16.)

오사(五死)와 오고(五苦)

김치가 제맛을 내려면 배추는 다섯 번 죽는다.
땅에서 뽑힐 때 죽고
배가 갈라지면서 죽고
소금에 절여지면서 죽고
매운 고추와 짠 젓갈에 버무려지면서 죽고,
항아리에 담겨 땅속에 묻힐 때 죽는다.

김치의 참맛은 풋내나는 겉절이가 아니라
죽고 죽어 숙성된 김치이다.

인생을 향기롭게 살기 위해서
과도한 자기주장과 고집(固執)을 버려야 한다.
가치 있는 삶을 살기 위하여 고통(苦痛)을 인내해야 하고
남을 위하며 상생할 수 있도록 고뇌(苦惱)해야 하고
도전의식을 기르면서 고생(苦生)도 해 봐야 하고
정의롭게 살기 위하여 고난(苦難)도 이겨내야 한다.
의미 없는 인생은 가라, 오고(五苦)하면 삶이 향기롭다.

(2014. 3. 19.)

잘못된 만남

깊은 연못에서 허우적대는 사람에게
왜 미리 수영을 배우지
아니했냐고 다그친다.

이 사람이 진실한 사람일까.
올바른 사람일까.

의외로 이런 사람이 부지기수이다
이들은 처세에 능하고
우쭐대며 정의와 진실을 물구나무 세운다.

이런 사람과의 만남은
나에겐 잘못된 만남이다.

(2015. 3. 19.)

초행길

초행길은 새로운 것에 대한 설레임과 시행착오의 불안감 때문에 나그네를 긴장시킨다. 그러므로 나그네는 처음 만난 사람끼리 뭉쳐 다닌다.

전주시 남부시장에 도착해서 처음 대하는 피순대와 돼지 자궁인 암뽕을 곁들여 술을 거나하게 먹었다. 다음날, 블루베리와 곰보배추 등을 키우는 완주군 고산면 농장에서 귀농에 성공한 사람의 이야기를 듣고 그 옆 용진면에서는 도농상생센터인 로컬푸드점에서 견문을 넓혔다.

그리고 예향의 도시에서 만드는 전주막걸리를 먹으면서 맛과 멋을 즐겼다. 내친김에 2차로 전주식 가맥*을 몇 잔 했다.

이윽고 슬로우시티의 느린 우체통처럼 느리게 즐길 수 있는 전주한옥마을에 도착했다. 조선왕가의 후손인 황실문화재단의 이석 총재와 그의 거처인 대한 황실 승광재(承光齋)를 둘러보았다.

---

* 가게 맥주의 줄임말이다.

홀로 전주역 부근에 모텔을 예약하고 주변에서 음주하면서 전혀 모르는 사람들과 담소를 즐겼다. 아침에는 푸짐한 전주 가정식백반으로 든든한 식사를 했다. 뭐니 뭐니 해도 초행길의 백미는 사람 만남, 사람 사귐이다. 그러한 만남과 사귐이 삶의 맛을 풍요롭게 한다.

(2014. 3. 21.)

이제는

이제는
잊히는 시간의 무게를 견뎌야 합니다.
자칫, 외로움이 몰려올 수 있습니다.

이제는
가르치지 말고 행동해야 합니다.
자칫, 모르는 사이에 꼰대로 놀림받을 수 있습니다.

이제는
낯선 여행지도 내 집처럼 지낼 줄 알아야 합니다.
그래야, 마음의 안정을 찾을 수 있습니다.

이제는
후배들의 과잉 충성을 물리칠 줄 알아야 합니다.
그래야, 그나마 가지고 있는 것을 지킬 수 있습니다.

이제는
마시는 술의 양을 조절할 줄 알아야 합니다.
그래야, 다양한 한량(閑良)들과 오래 즐길 수 있습니다.

(2015. 3. 22.)

인생 2막 문턱에서

인생 2막을 준비하면서
도박과 보증 그리고 다단계와 증권, 이놈들은 피하랍니다.
헛다리 짚으면 길이 없고
천종산삼 캐려다 고사리도 못 캐니까요.

슬쩍, 두리번두리번 두드림(do dream) 하래요.
시니어 시장이 열려서 신중년(新中年) 6075세대를 넘어
이른바 100세 시대, 호모헌드레드(homo hundred)시대를
화려하게 살 수도 있으니까요.

그러기 위해서는 콘텐츠를 잘 찾으세요.
그러기 위해서는 롤모델을 정하세요.
끓는 물속의 개구리 같이
서서히 현역에서 사라지지 말고
평생 자신의 가치를 가다듬어야 한대요.

(2014. 3. 23.)

지금 따르는 잔이

초심 그대로의 마음가짐으로
지금 따르는 잔이 첫 잔이로소이다.

선비 같은 가지런한 몸가짐으로
지금 따르는 잔이 새로운 잔이로소이다.

백일기도하는 지극한 정성으로
지금 따르는 잔이 최고의 잔이로소이다.

안방의 익숙한 편안함으로
지금 따르는 잔이 순수한 잔이로소이다.

숙명적 만남의 의미로
지금 따르는 잔이 운명의 잔이로소이다.

그렇게 드리옵니다.

(2015. 3. 25.)

인생 향연

예술마당 뒤풀이는 한풀이요,
공연마당 뒤풀이는 혼풀이다.
기분풀이 신명풀이다.

기운풀이, 신살풀이, 사주풀이요
내공풀이 속풀이이기도 하다.

또한 뒤풀이는
나그네의 인생 향연이다.

모든 풀이는
정신세계의 솎아냄이다.

(2015. 3. 25.)

지금 하는 일

뜻이 있으면 마침내 이룰까요?

대전에서 태어난 내가 열정으로 이끄는
사단법인 대전팝스오케스트라!
만(滿) 10년의 역사, 제39회 정기콘서트를 마쳤는데
아직도 배가 고프고 술이 고픔은 왜일까?

자신에 대한 확신이 필요하다는데
자신감이 부족한 것일까?
하고자 하는 그 뜻이
미약한 것일까?

나를 되짚어봅니다.

(2014. 3. 28.)

58 행복 쉼터

온라인에서 이어지는 오프라인 모임
동갑네 모임, 58 행복 쉼터
전국 명견(名犬)들이 붉은 치마바위 언저리
무주 적상산(赤裳山)에 뭉쳤네.

주고받는 술 한잔에
그동안 쌓인 무궁무진한 인생 얘기 쏟아내고
5분 만에 스스럼없이 반말하고
8분 만에 언제 봤다고 속내 보이네.

그래서 '58 행복 쉼터'
자연을 벗삼아 스스로 그러하네.

(2015. 3. 28.)

쯜째 모임

모임 천국에 살고
있는 나,
그 천국에
또 하나의 모임을 만들고 싶다.

삶을 즐겁고 재미있게 살자고
그래서 그 모임의 이름을 짓는다.
즐겁게를 강조하여, 쯜!
재미있게를 강조하여, 째!
이른바 쯜째이다.

그 모임의 대표는 나.
나의 쯜째가 너의 쯜째이다.

(2015. 3. 29.)

호모 이벤트, 호모 페스티벌

어린 시절에는
딱지치기, 구슬치기, 줄넘기, 술래잡기, 고무줄놀이, 말뚝박기하면서
청소년 시절에는
빵집 미팅, 취미클럽 미팅, 써클 참여하면서
장년 시절에는
동호인 모임, 온라인 모임에서 이어지는 오프라인 모임 하면서
삶도 가지가지 그야말로 모임 천국
다양한 이벤트의 연속, 우리는 호모 이벤트(homo event)다.

이젠 원숙한 인생 단계
규모와 폭을 넓혀 이벤트보다 큰 그림을 그려본다.
인간은 어딘가에 소속되고 인정받기를 좋아하는
인정욕구의 생명체이기에
더 늙기 전에 다수가 참여하는 축제를 준비한다.
호모 페스티벌(homo festival)이고자 한다.

(2015. 3. 30.)

사월에

광대나물.
어릿광대가 묘기를 부립니다
붉은 자줏빛 꽃을 잎겨드랑이에서 여러 개씩 돌렸네요
봄맞이 꽃이라니 얼마나 설렘으로 겨울을 났을까요

생일 다음 날

지역마다 다소 다르지만
모내기 적기는 하지 전삼일, 후삼일.
마늘 수확도 하지 전삼일, 후삼일.
사람마다 다소 다르지만
생일 축하연은 탄생일 전삼일, 후삼일.

어제가 내 생일인데
이놈의 팔자 아직까지 미역국도 못 먹었네.
은근히 기다리다가
문화원의 '동아리 경연대회' 구경 갔네.

풍물단의 사물놀이, 난타 공연이 나를 축하하네.
얼쑤, 지화자, 얼씨구절씨구, 쾌지나 칭칭나네
피아노 5중주가 나를 축하하네.
브라보, 브라바, 브라비, 브라베.

좌우지간 축하 받았네.
입이 아닌 눈과 귀로
그래도 아쉬워 조금 기다려 보네.
전삼일(前三日), 후삼일(後三日)이라니까?

(2015. 4. 1.)

꽃과 사람

사람도 꽃, 꽃도 꽃
사람 길도 꽃길, 꽃길도 꽃길
사람 자리도 꽃자리, 꽃자리도 꽃자리
사람살이 사연 많고 꽃살이 역경 많아도
사람을 꽃과 같이 대하면서 살았으면 좋겠습니다.

(2014. 4. 5.)

인연과 깨달음

어떻게 살꼬?
오늘은 어제의 내일
어제는 그제의 내일

내일은 모레의 어제
그제는 어제의 어제
모레는 내일의 내일
인연이 주욱 이어지니

차츰차츰 깨달아가면서 어찌하면 참되게 살꼬?

(2014. 4. 8.)

무상(無常)

새가 이뻐 사진
찍으려 하였더니 날아갔습니다.
꽃이 아름다워
며칠 보았더니 떨어졌습니다.
술이 좋아 잔을
꺾지 않았더니 개가 되었습니다.
정보가 유용하여 모아
두었더니 삭제되었습니다.

함께하자고 얘기하였더니
모임에 나오지 않더군요.
여인이 맘에 들어 가까이
하였더니 사라졌습니다.

(2014. 4. 11.)

방 생

지구별에 소풍 나온 그대
그나마
행복한 삶을 누리고자 한다면
탐냄을 방생하고
성냄을 방생하고
어리석음을 방생하라.

오늘
지금,
이 순간이
남은 인생 중
가장 젊은 날이란다.

(2014. 4. 12.)

혼자 놀면서

메시지 보랴
카페 즐겨찾기 하랴
카톡 주고받으랴
카카오스토리 들랑거리랴
폰 받으랴
사진 발송하랴
밴드 만들어 댓글 달랴
카스그룹 지어 잘난 척하랴
메신저로 소통하랴
게임 즐기랴
페이스북으로 친구 맺으랴
트위터로 함께 하랴
순간순간 메모하고 저장하랴
일정 확인하랴
혼자서 자알 노온다.

정보의 홍수 속에서
눈이 버얼겋고
머리가 띠잉하다.
관계망 구축도 좋고

마케팅도 해야 하고
정보도 얻고
의견 제시도 해야 하지만
심신이 지치지 않도록 슬기롭게 살자.
온라인 서비스도 좋지만
오프라인의 중요성을 잃지 말자.
우리는 기계가 아니고 인간이다.

(2014. 4. 14.)

으뜸 나무

소나무는 본시 수리 나무였는데 세월을 수시로 잡아먹으면서
술나무라 불리었고 솔나무는 소나무로 불리었다고 한다.

그래서 소나무는 왕 나무, 우두머리 나무, 으뜸 나무이다.
줄기가 붉은빛을 띠어 적송(赤松),
여인의 몸매처럼 아름다워 미인송(美人松),
육지에서 많이 자란다고 육송(陸松)이다.

향기는 천연방부제 피톤치드 스멀스멀
피부는 건강 여인처럼 불그죽죽
그 고결함을 닮고 싶다.
나도 시건방지게 으뜸이 되고 싶다.

(2014. 4. 16.)

신언서판

당나라 때 인물 평가의 잣대로 쓰인
신언서판(身言書判).
큰 인물이 되려면 무릇 이에 신경을 써야 한다.
그것을 가볍게 생각하면 일을 그르치고
쓸데없는 비용과 후회스런 일이 생기더라.

내 몸을 스스로 고결하게 하는 몸가짐, 신(身)
조리 있고 품위 있게 하여 나를 높이는 말, 언(言)
표현력으로 사람의 됨됨이와 품격을 살려주는 글, 서(書)
냉철하면서도 인간적으로 사물의 이치를 꿰뚫는 힘, 판(判)

하늘의 명을 안다는 지천명(知天命)이 지났음에
추하지 않기 위해 더욱 중요하리라.

(2014. 4. 20.)

나는 할 일이 없구려●

술은 내가 마시는데
취하기는 바다가 취한다.

원로 시인 이생진(李生珍) 님의
〈그리운 바다 성산포〉의 한 구절이다.

슬픈 당신, 거기 있는데
나는 할 일이 없구려.

이렇게 인용할 수밖에 없다.

또 일어날까?
슬프다.

(2014. 4. 22.)

● 팽목항에서 세월호 여객선 대형 참사 이레 째, 구조적 모순, 무책임, 통곡.

다슬기에서 술잔으로

힘차게 쭉쭉 빨았다.
삶은 민물 다슬기
쭉쭉 빨면 창자까지 딸려온다.
경망스럽다고 싼 티가 난다고 한다.
어쭈구리 아직, 그 나이에 대단하다고 한다.

세 살 버릇 여든 간다고
다슬기 빠는 버릇이 술버릇으로.
술의 신(神) 디오니소스 바쿠스
오른손엔 술잔, 왼손엔 안주
머리엔 빨대.

자유와 도취의 기쁨, 쾌활한 열정의 시간은
광기와 파멸의 시간이기도 하다.
좋은 것이 있으면 반드시 나쁜 것도 있다.
나쁜 버릇은 여든까지 간다.

(2014. 4. 23.)

둘째 입대 삼 일 전

아들, 아빠랑 산에 가자.
계룡산 남매탑 오르내리면서 얘기하고
내려와서 막걸리 한잔하자.

평상시 서로 긴 대화는 거의 없었다.
초교 5학년, 프로기사의 꿈을 꾸며 서울로 가서
바둑만 7년 둔 아들.
체력 테스트용으로 등산을 선택하여
목적지까지 거의 쉼 없이 갔다.

프로에 입문했던 놈이라 오기가 있는 듯
일단은 체력 합격, 속으로 괜히 감사했다.

하산하여 막걸리, 도토리묵, 감자전, 파전을 시켰더니
잘도 먹는구나, 식성 합격.
먼저 경험한 군 생활을 야그 했더니 오히려
아빠를 다독거리는 아들, 심성 합격.
아들이 고맙다.

우연의 일치로 평소 아는
기타 치면서 노래하는 거리의 악사를 만나

최백호 님의 '입영전야'를 신청한다.
아들, 계룡산의 달달한 공주 알밤막걸리처럼
맛있고 멋진 군 생활이 이루어지길 빌어본다.

(2014. 4. 26.)

밀리지 말자

무게중심을 어디에 둘 것인가?
모든 일의 우선순위를 어디에 둘 것인가?

열정이 없으면 밀린다.
매력이 없으면 밀린다.
조직과 인원이 없으면 밀린다.
금력과 권력이 없으면 밀린다.

뭇 사람들은 만남을
약속을
판단을
상대방을
고무줄같이 임의대로 줄였다 늘였다 한다.

밀리지 말자.
잘 도는 팽이처럼 무게중심 잡고
그에 상응하는 성과와 보상을 받도록
우선순위에서 밀리지 말자.

(2014. 4. 27.)

현대판 사오정

다음카페에서 만납시다 했더니
다음 날 카페에서 홀로 커피 마시네요.

밴드에 들어오라고 초청했더니
난 악기를 못 다룬다고 점잖게 말하네요.

카스에 자주 오라고 했더니
매일 호프집에 가네요.

어플 다운 받으면 된다고 했더니
사과 주스만 생각하고 있네요.

(2014. 4. 30.)

오월에

돌개미자리 꽃.
궁금합니다, 그 이름이~
흰 꽃잎의 자태가 예사롭지 않군요

모란처럼

너도 나의 버림 속에 살고
나도 너의 버림 속에 산다.
네가 이기적이면 나도 가면을 쓴다.

어찌 이리 되었을까 탄식하면
살맛 아니 나고
아직도 괜찮은 구석이 있을 거야 하면 살맛 난다.

그래도 꽃 중의 꽃,
오월의 모란처럼
정열적으로 순수하게 살자.

(2014. 5. 2.)

사람과 예술

사람은 인연이 중요하듯
예술도 인연이 중요하다.
사람은 만남이 오묘하듯
예술도 만남이 오묘하다.

사람은 됨됨이가 중요하듯
예술도 소품들이 중요하다.

사람은 자체가 예술 작품이고
예술 작품은 사람이 만든다.
사람은 가치가 있어야 하고
예술도 응당 값어치가 있어야 한다.

(2014. 5. 3.)

일에 대한 예찬

일은 곧 생활이요 놀이다
일은 곧 건강이요 인맥이다
일은 곧 밥이요 돈이다
일은 곧 휴식이요 즐거움이다
일은 곧 젊음이요 축제다
일은 곧 보약이요 꽃이다
일은 곧 시간이요 공간이다
일은 곧 과정이요 결과다
일은 곧 철학이요 가치다
일은 곧 신앙이요 궁극이다.

(2014. 5. 6.)

맹구주점(猛狗酒店)

소통을 잘 해야 합니다.
전략을 잘 짜야 합니다.
조직을 잘 다듬어야 합니다.
고객을 만족시켜야 합니다.
서비스를 극대화해야 합니다.
분위기를 고조시켜야 합니다.

그렇지 않으면
나에게 꼬리 치는 개가,
손님을 내쫓아 그 술집은
파리 날린답니다.

(2015. 5. 9.)

주(主)님과 주(酒)님

기독교 하나님의 주(主)님, 그리스 신화 바쿠스의 주(酒)님
예수 그리스도의 주(主)님, 이태백의 주(酒)님
십자가의 주(主)님, 갈지자의 주(酒)님
오직 주(主)님, 매일 계속되는 술자리 주(酒)님
전지전능하신 주(主)님, 희로애락을 같이 하는 주(酒)님
기쁨의 주(主)님, 잔치 중에 마시는 주(酒)님
구세주 주(主)님, 전통주 주(酒)님
위대하신 주(主)님, 두주불사의 주(酒)님
사랑의 주(主)님, 우중필주의 주(酒)님
부활의 주(主)님, 계영배의 주(酒)님
복음의 주(主)님, 인사불성의 주(酒)님

(2015. 5. 10.)

정(情)

정이란 무엇일까
겉정 속정이 있고 미운정 고운정이 있다
매정 우정이 있고 비정 온정이 있다
사제지정이 있고 부모지정이 있다

주는 걸까 받는 걸까
주고받는 정이 그리울 때가 있다.
그 그리움 때문에 빚지고 대주고
마이너스통장에서 대출하여 전주(錢主)가 된다.

정은 산길과 같아서 자주 대하지
않으면 잡초만 무성하다.
눈에서 멀어지면 미워진다.
보이지 않더라도 믿고 살아야 한다.

(2014. 5. 14.)

발원지(發源地)에 가다

한강 발원지 검룡소(儉龍沼),
낙동강 발원지 황지연못
이른바, 양대 강의 발원지
강원 태백 대덕산 금대봉 자락

민족의 젖줄, 생명의 근원지에 오르니
호위병, 근위병처럼 각종 나무가 둘러섰네.
신갈, 고로쇠, 다래, 복자기, 산뽕, 물푸레,
고추, 피, 귀룽, 당단풍, 딱총, 호랑버들.

이윽고 발원지에 다다르니
폭포가 용트림을 하고
난 또, 엉뚱한 생각을 하네.
"여기서 오줌을 거하게 누면
한강, 낙동강 주변 시민들이 시원하게 먹을까?"

심신을 가다듬고 이제 와 생각하니
일정이 빠듯해 무언가 놓쳤구나!
백두대간의 중심, 산소 도시에서

그것을 한 사발 못함이 아쉬웁다.
한국명수(韓國名水) 100선,
석회암 동굴 지하에서 용출된
발원지의 그 물
검룡소의 그 생명수(生命水).
마치, 모태(母胎)에서 찰진 자양분을 놓쳐
약간 미숙아로 태어난 것처럼 내내 아쉬웁다!

언젠가 다시 찾아가서
그 자양분을 먹고
좀 더 성숙한 자아(自我)로
세상을 힘차게 살고 싶다.

(2015. 5. 14.)

불금

요즈음 신조어(新造語)
불금.
젊은이들은
'불타는 금요일'이라 신나게 즐긴다.
늙은이들은
'불러주면 금방 가리'라 하여 겁나게 외롭다.

어느새
이리도 나이만 훌쩍,
더 거시기하기 전에 인생 줄타기 잘 타세.
더 외롭기 전에 정신 차려 거시기하세.

(2015. 5. 15.)

만남의 속성

악의적인 만남은 일이
풀리지 아니하며 심신이 괴롭고 부정의
늪으로 들어간다.

선의의 만남은 모든 것이
매끄러워지며 마냥 즐겁고 긍정의
숲으로 놀러 간다.

(2015. 5. 18.)

삶의 향기

갈은 나이
동갑내기 갑장(甲長).
동갑(同甲)이라도
개성(個性)은 가지각색, 작향(作香)은 천차만별

기왕지사(旣往之事)
동세대(同世代)를 살았으면
이력(履歷)은 가치가
삶은 향기가 있어야 한다.

(2015. 5. 21.)

거울 속 자아(自我)

발가숭이로 거울 속 나를 본다.
이마엔 내 천(川) 자가 삶에 지쳐 옆으로 누웠고
연륜은 눈가에 주름 잡혀 있네.
입가엔 앉아서 천 리를 보고 서서 만 리를 보는
자만심이 묻어 있고, 하단전엔 내공 쌓여
진신사리(眞身舍利) 되어가네.

언뜻 돌아본 뒤태는 모양새 볼품없어
정신 차려 발가숭이를 옷으로 가리네.
오늘도 또 그렇게 세파 속에서
삼시세끼 술 한잔에 으르렁대다가
어찌어찌 다시 발가숭이
나만의 침실에서 지친 몸뚱이 누이네.

(2014. 5. 22.)

호설의(號說儀)

예로부터 본명(本名)이나 자(字) 이외에 호(號)를 지어 허물없이 불렀다. 요즈음의 닉네임이나 아이디인 것이다. 그 호를 지어 호풀이 잔치 또는 호턱을 하는 것을 '호설의(號說儀)'라 했다. 잔치 순서는 작호가의 작호 내력 설명에 이어 축하글 또는 축시를 낭송하고 답례사 후 폐백례를 치른다.

십구 년 인생 후배, 삼십팔 세 송○○을 주욱 지켜보았다. 순탄치 않은 삶의 연속이라 가슴이 아련하다. 그후, 몇몇 지인들이 지켜보는 자리에서 작호하고, 그 답례로 조촐하지만 즉석에서 큰절을 받았다.

싸나이들 서로의 가슴이 뭉클한 순간, 축하주 한잔이 오간다. 오늘 한 잔의 술 향기가 백 리까지 번지는 술 향기로, 다시 천 리까지 꽃향기로 번지고, 나아가 만 리까지 사람 향기로 가득하여 후배 인생이 은은한 향기로 가득 차길 빌어본다.

(2014. 5. 27.)

참배짱

진정한 배짱
뱃심은 당당함이요,
두둑한 담력
뚝심은 자신감이다.

어떤 일과 어느 사람과의 인연에
오기나 독기
허세나 깡다구가 아니라
이제는 당당함과 자신감으로 부딪치자.

(2015. 5. 27.)

그가 사는 날들

평상시 그는 꾀죄죄 그 자체였다.

귀찮아 굶다가 그림 그리다가
허름한 가방 둘러메고
화랑에, 전시에, 행사에 마냥 다니다가
사글세도 내지 못하다가
갚지도 않을 돈 만 냥을 빌려서 생맥주와 끼니를
대충 때우고 야밤에는 술주정으로 횡설수설하네.

작품 한 점 팔린 날, 꾀죄죄는 마찬가지
물 국수 먹고 사주고 맥주 먹고 사주고
팥빙수 먹고 사주고 미술관 관람 같이 하고,
주스 먹고 사주고 택시 타고 일찍 가는데 웬걸,
급히 먹어 영세아파트 베란다에 토했다네.

(2015. 5. 27.)

(2015. 8. 30.)

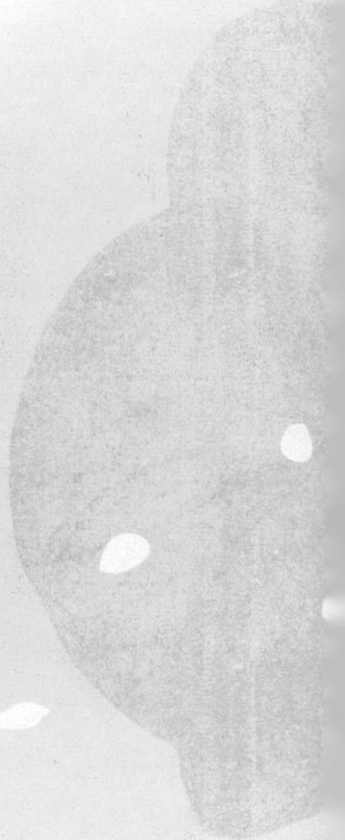

유월에

양장구채.
말의 먹이로 풀에 함께 섞여 왔다는
제주도의 귀한 손님이라네요
신명나게 장구 치는 여인처럼, 그 채를 소중히 하지요

심우정사 가는 길

처사(處士) 세 명과 보살 한 명이 계룡산을 오르네.
그 중 힘센 처사가 변기(便器)를 지게에 지고 산을 오르네.
'보이지 않고 들리지 않는 욕도 먹지 말자'는 친구의
뒤를 따라 나는 보조용품 들고 가네.

아득한 천 년 전의 고찰,
고승대덕 큰스님이자 지계청정 큰스님이신, 경허대선사와
만공대선사가 도량(度量)을 닦던 심우정사(尋牛靜舍).
그리고 계룡산 괴짜 목초스님이 두충차의 풍미를 전하던 곳,
신도들에게 전하던 여구두연●과 수처작주.●
목초는 현생할 때나 사후나 여전히
술주정뱅이와 참 훌륭한 분으로 엇갈리네.

절벽 바위 아래 정갈스럽게 있는 조그만 암자.
소를 타고 소를 찾는 어리석음에서 벗어나
나도 잃고 소도 잃는 경지에서 사람의 본성을 찾는다는
심우(尋牛)정사.
암자를 지키는 법수스님이 요사채에서 나와 반갑게 맞이한다.
법수의 시원한 산수(山水)로 온 몸의 피로를 푸네.

● 여구두연(如救頭煙) : 머리카락에 붙은 불을 끄듯이 공부하라는 뜻.
● 수처작주(隨處作主) : 어디에 있더라도 늘 주인처럼 살아야 한다는 뜻.

우리는 법당에 들어가
번뇌를 벗어 내려는 절을 하고 나오니
절에 대한 법수스님의 예찬이 구수하게 이어지고
다시 온다는 인사를 주고받으며 내려간다.
짐을 내려놓으니 사람의 본성을 찾은 듯 몸이 가볍네.
신심이 깊은 불자는 아니더라도
목초나 선지자가 말씀한 수처작주(隨處作主),
어디서라도 어떠한 경우라도 내 안의 주인으로 살았으면 한다.

(2014. 6. 1.)

술 폭력

성희롱, 성추행, 성폭행 등 모두 성폭력이요, 성범죄이다.
육체적, 정신적 폭력을 망라한다.
우리는 성(性)범죄에 대하여 단호하다.

술(酒) 범죄는 사람들이 가볍게 다룬다.
무겁게 다루면 술 먹는 것이 줄어들까?

상대방이 술에 대해 굴욕감이나 수치심을 갖게 하면 술 희롱.
몸 상태가 안 좋은데 술을 강제로 먹이면 술 추행.
협박하거나 반항을 억누르거나 거절을 불가능하게 하면 술 폭행.
모두 술 폭력이요, 술 범죄이다.
또한 상대방이 싫다는데 지속하여 술을 먹자고
연락하거나 쫓아다니면 술 스토킹.
카톡, 밴드, 메시지 등 SNS에서 술로 유혹하면 사이버 술 폭력.
상대방의 의사에 반하여
술에 대한 자기결정권을 침해하면 술 범죄이다.

이에 대한 적용이 난감할 때는 전문가인 술꾼의 조력을 받는다.
그래서 술 범죄 적용은 말짱 도루묵이다.

(2015. 6. 1.)

혼(魂)의 쓰임새

그림쟁이는 손으로
붓으로 그리고

글쟁이는 머리로
시간으로 그린다.

예술가는 작품을
혼으로 완성하고

기획가는
예술가의 혼을 찾아서
자연스레 흘러간다.

(2015. 6. 3.)

자랑 마오

술친구 많다고 자랑 마오.
혼자 버티기 힘들지 않소.

두주불사(斗酒不辭)라고 우쭐 마오.
내장은 하나뿐이지 않소.

찰색(察色) 좋다고 폼 잡지 마오.
세월 따라 황달로 변할 수 있소.

백세 시대라고 자만 마오.
그 이전에 자빠질 수 있잖소.

돈 많다고 빼기지 마오.
어쩌다 뭔 일 생기면 백만 원 꾸기 어렵소.

백일기도 했다고 치부마오.
어떤 고수는 백팔기도 하잖소.

더운 날씨에 얼음 있다고 자랑 마오.
얼음 녹아 물이 되고 물이 얼어 얼음 되잖소.

(2014. 6. 4.)

취한 눈으로 홀로 세상을 바라보다

여행지 모퉁이에서 홀로
취한 눈으로 세상을 바라보네.

아름다운 세상, 추한 세상 두루 보이고
기쁨을 마시고 슬픔을 마시고
홀로 빙그레 웃는다.

한 줌 바람에 파도가 일어
괴로움과 억울함을 안주 삼아 술을 마신다.
그래도 세상은 여전히 안녕하다.

(2015. 6. 11.)

그러할진대

뜨고 지는 지고 뜨는
차고 기우는 기울고 차는

흥하고 망하는 망하고 흥하는

해와 달,
인간사 그러할진대

(2015. 6. 14.)

쉿, 비밀

겉으로는 사나이다운 척
속으로는 훌쩍훌쩍.
외모는 번지르르하나 내장은 쓰리고
말로는 그럴싸하나 주머니는 빈털터리이다.

경력은 화려한 듯
내실은 텅텅.
남이 볼 땐 인생 잘 살았으나
자세히 들여다보면 엉망이다.

'멀리서 보면 희극이요,
가까이서 보면 비극이다'란 말을 인정하면서도
쉿, 이것은 비밀.
알려지면 더 괴롭다.

(2015. 6. 17.)

기꺼이 나를 따르게 하려면

어디에 있든 누구와 있든
가식과 이중적 성격은 나를 망친다.
타인들이 기꺼이 나를 따르게 하려면
너무 이성적이고 셈이 빠른 사람이 되기보다는
따뜻하게 웃을 수 있어야 하고
삶의 통전성●을 유지해야 한다.

팍팍하고 이기적인 이 시대에
스스로 혼란스럽지 아니하고
타인들의 입방아에 오르지도 아니하고
숨거나 두려워하지 아니하고
주변 사람들로부터 신뢰를 받는다면
요즘 세상에 청빈하다면
그래서 자신의 삶이
힘들어진다 하여도 기꺼이 감내할 수 있을 듯하다.

(2015. 6. 18.)

● 말과 행동이 완전하고 일치된 상태

엉뚱해서

머리에 가마가 둘이면
장가를 두 번 가나요?

머리에 가마가 하나면
장가를 한 번 가나요?

장가가지 않은 스님 머리에는
가마가 없나요?

세상은 한 부분 엉뚱해서
그럴 수도 있고 아닐 수도 있습니다.

(2015. 6. 18.)

경계의 모호함

마음속에 일렁이는 나체 여인을
흐르는 대로 그렸더니
마음이 평온하다.

사무실 공간 외진 곳에 사알짝 내보이니
음란하다 저급하다, 손가락질 한다.
치우란다.

어디까지 언제까지
남을 의식하면서 살아야 하나
아직도 그 경계가 모호해서 내내 갈등한다.

(2015. 6. 19.)

우리는 신(神)이 아니랍니다

바닷물은 3%의 소금이
그 물을 썩지 않게 하고
파레토 법칙에 따르면 20%의 원인이
80%의 결과를 낳는다고 합니다.

인체에도
황금비율이 있듯이
얼굴과 몸은 굳이 성형하지 않더라도
가장 조화롭고자 스스로 노력하고
서로서로 약한 점을 어루만져 주면서
관심과 사랑으로 보듬으며 살아요.

신이 아닌 인간은 스스로 존재하지 않습니다.

(2014. 6. 21.)

충청도 사람

빠알간 수박 속살에 박힌 씨처럼
나갈까 말까
보일까 말까
드러낼까 말까
말할까 말까
충청도 사람의 속마음이다.

알았어가 알았다는 건지 모른다는 건지
염화시중(拈華示衆)의 미소처럼
자비를 머금은 건지
아직 멀었다고 비웃는 건지
충청도 사람의 속마음은 알다가도 모르겠다.

때론 답답해서 너도 싫고
어느 땐 두루뭉술해서 나도 싫구나.
얼어 죽어도 곁불은 쬐지 않는 양반,
내면의 끼와 해학이 있는 지방색이라
그냥 그러려니 한다.

(2014. 6. 27.)

칠월에

산매자나무.
꽃이 예쁘면서 특이한 진달랫과 소관목,
참 귀엽기도 하여라

새로운 마음가짐

2004년, 오케스트라 창단을 하고
일 년에 네 번, 마흔 번 넘게 정기 콘서트를 진행했다.
그때마다 횟수와는 별개로, 각각의 콘서트 이름을 짓는다.
누가 뭐래도 이름 짓기는 힘들다.
새로운 마음가짐이 필요하다.

창단 기념, 썸머 나이트, 늦가을 가을맞이 2004송년, 봄날 음악 클리닉, 창단 첫 돌맞이 7080한마당, 송년대연주회, 봄의 팝스 대향연, 팝스 추억 여행, 월드컵 성공 기원. 가을여울목 음악 산책, 하모니 그리고 향기, 세 돌 맞이 봄나들이, 뮤직 투어, 도심 속 피톤치드, 아로마 테라피, 감성 터치, 스승 존경 제자 사랑, 한중 국제문화 증진, 추억의 폴모리아. 봄이 오는 소리, 여름 이야기, 가을이 오는 소리, 라이온스 신년 음악회, 꽃바람 스토리. 로터리 한여름 밤 음악회, 서울 노크 콘서트, 퓨전 뮤직 레터, 서른 번째 음악이야기, 가을 사랑, 2011 송년 음악회, 봄날, 아름다움, 스탠바이 서머 행복 나눔, 봄愛 낭만 콘서트. 비온 뒤 레인보우, 산악인과 요산요수, 겨울나무 새잎, 행복 우듬지 소울 콘서트, 감성 화수분, 만남 그리고 열정.

그리고 또, '한가위 즈음에'를 준비하고 있다.
누가 시킨 것도 아닌데 내가 해야 할 일인 것처럼.

(2015. 7. 5.)

질책과 박수

나는 술자리 분위기를 좋아한다.
폭탄주를 쭉쭉 단숨에 마시고
잔은 쪽쪽 빨아 축배를 들면
동석한 술꾼들이 경망스럽다 하네.

오페라의 황제 베르디,
그의 대표작 '라 트라비아타'의 주인공이
아름다운 무희들과 짠짠 축배의 노래를 부르면
관객들은 멋지다고 짝짝 박수 치네.

같은 축배인데 누군 질책받고
누군 박수를 받는다.
이것이 바로 신분과 품격 차이인가.

(2015. 7. 5.)

은갈치

언젠가 제주, 목포, 여수 등지에서
번쩍번쩍 빛나는 은갈치를 맛나게 즐겼다.

어느 날, 거울 속에 비친 내 머리카락과 얼굴을 보니
언뜻 은갈치 같았다.

그래, 인생 제2막은 사회 공헌자로 책임을 다하는
모양새 좋고 빛깔 좋은 인물로,
멋있고 맛나는 은갈치처럼 살자.

(2015. 7. 6.)

나이 탓인가

오늘도 누가 화두(話頭)를 던진다.
왜, 아직도, 야전사령관이냐고.
야심(野心)에 찬 삼십대에도 야전사령관이었다.
하심(下心)의 오십대에도 자처해서 야전사령관을 하는 중이다.

강산이 두 번 바뀌는 사이
다양한 세상의 뒷면을 보는 눈이 생겼는가 보다.
야심에는 보이지 않았던 것이
하심에 절로 보인다.

욕망은 무한하고 피곤한데
내려놓으니 이렇게 간단한 것을.
같은 위치에서도 이렇게 생각이 다르다.
나이 탓인가.

(2015. 7. 10.)

나는 누구인가

인(人) 테크 술(酒) 테크 대표 40년차,
아쉬운 공직자 33년차,
내가 만든 직업 창조콘서트 기획자(CCD) 12년차,
인생은 이벤트의 연속 하모니 기획 고문 12년차,
생활 속의 시인 5년차,
갤러리 큐레이터 5년차,
독자에 따라 베스트셀러, 《승진 트라우마》 작가 3년차,
신문 칼럼니스트 3년차
TV 패널리스트 1년차
베이비부머 전국축제 대표 1년차
아차, 싶어 노후 설계 매니저 1년차

(2015. 7. 13.)

세상은 녹록하지 않더라

다소 괴롭고 불편하더라도
다소 힘들고 자존심 상해도
다소 시련을 겪더라도,
꺼두르는 행동은 하지 마시라.

많은 사람이 알고 있다.
하늘이 보고 있다.

그대 행보에 부끄러움이 되면 어쩔거나
그대 인연에 악연이 되면 어쩔거나
그대 역사에 오점이 되면 어쩔거나
세상은 녹록하지 않더라.

(2014. 7. 17.)

이 생각 저 생각

이편에서는 수돗물을 콸콸 쓰고
저편에서는 가뭄을 심히 걱정하네.
어떤 이는 시원하게 물장난하고
어떤 이는 물 찾아 땀 흘리네.

물맞이할 때는 가뭄맞이 생각
시원할 때는 땀 흘릴 때 생각
주판알 튕길 때는 털고 놓을 때 생각
산을 내려왔을 때는 또다시 오를 생각

생의 아이러니들, 뭔가 잊으려고
이 생각 저 생각 하네.

(2014. 7. 17.)

제멋대로 아름답게

이제까지 영혼이 자유로웠던가?
과연 사람 냄새가 듬뿍했던가?
적절히 감성과 이성에 충실하여 어울리게 하였는가?
얼빠지고 넋 나가 살지는 않았는가?
걸음아 나 살려라 도망치듯 살지는 않았는가?

생을 무의미하게 살지는 않았는가?
알곡은 빼고 쭉정이만 상대하지 않았는가?
흐릿한 안목으로 삶의 우선순위를 뒤섞지 않았는가?
발뒤꿈치처럼 불필요한 살을 붙이고 살지는 않았는가?
어쩌다 돌린 텔레비전 채널처럼 아무거나 보면서 살지는 않았는가?

이제는 제 본래의 모습을 찾아야겠다.
내 영혼이 잘 따라오도록 인도하면서 살아야겠다.
흐르는 물처럼 선하게
제멋대로 아름답게 살아야겠다.

(2014. 7. 18.)

나는 아직 청년이다

생각 없이 시간을 허비하면 나의 삶은 의미가 없습니다.
생기 없이 주눅들어 살면 나의 삶은 발전이 없습니다.
꿈과 희망이 있으면 언제나 나는 청춘입니다.

유엔에서 연령 기준을 바꾸었네요.
1세에서 17세까지 미성년이고 18세에서 65세까지가 청년이랍니다.
66세에서 79세까지가 중년이고 80세에서 99세까지가 노년이라 합니다.
100세 이상은 장수 노인이랍니다.

나는 아직 청년입니다.

(2015. 7. 23.)

오픈에 즈음하여

지인이
적지 않은 투자와 쉽지 않은 선택으로
큰맘 먹고 화랑을 오픈한다.
무리가 아닐까 걱정스럽지만 결단력이 돋보인다.

내가 이미 경험한 바 있어 애처롭기까지 하다.
앞으로 닥칠 시련을 이겨내라고 마음으로 응원한다.
기왕지사 내딛은 걸음
너의 시작은 미미하였으나 너의 끝은 심히 창대하리라.●

(2015. 7. 23.)

● 욥기서 8장 7절.

새숨생기방

도시의 일상에서 벗어나 몇몇 지인들과
충남 공주시 상왕동(上旺洞) 왕촌길 '새숨생기방'을 찾았다.
자연이 지어 준 벌집 모양의 육각형 건강사우나 찜질방,
흰색 건물이 깨끗하고 안락하다.

적당히 땀을 뺀 다음
흡수 잘 되는 숙성수로 수분 보충하고
기다랗고 흰 야외 벤치에서 휴식 취하니
어느 누구 부럽지 않다.

때마침 이슬비 내리고 하얀 몸 편히 쉬는 밤.
앞산 와우산(臥牛山)이 병풍을 두른 양 아늑하다
그 봉우리에 수줍은 듯 걸려있는 흰 구름이
하얀 달을 보일락 말락 가린다.

희미한 기억 속 나의 과거와
뿌연 안개 속의 미래를
생기방 들어갔다 나오니
뽀얀 마음 깨끗한 마음으로 정화시키네.

(2015. 7. 24.)

꿈의 계시

꿈은 현실의 반영이다.
생각을 곰곰이 숙성시키면 나타난다.
집중하면 정답을 준다.
자아를 침잠의 세계로 인도한다.

불안할수록 무리하면 안 된다.
급할수록 실수와 오류를 범하기 쉽다.
삿된 것과 헛것에 집착하지 말고
다소 어려워도 정도(正道)를 가야 한다.

눈을 뜨고 현실을 직시하고
인생 항로를 명확히 하여야 한다.
그래야 꿈에서 계시를 받아
현명한 해석과 판단으로
바른 방향으로 길을 갈 수 있다.

(2014. 7. 25.)

현대인의 폰살이

요즘 사람살이는 재력, 권력의
많고 적음에 따라 달라지네요.

많은 사람살이는
폰(phone)을 받고 문자 주고받고 다시 주고받고

적은 사람살이는
폰(phone)을 안 받고 어쩌다 받고 문자 씹고 끊어놓고
다시 한다면서 안 하고, 깜빡했다 하고, 지우고 삭제하고

재력, 권력이 많고 적음에 따라 사람살이는 물론
폰살이도 다르네요.

(2014. 7. 26.)

혼자와 함께

사는 동안 혼자 있을 때와
사람들과 함께 있을 때의 비율이 얼마나 될까?
진정으로 혼자인 것은 언제였고
진정으로 함께한 것은 언제였던가

혼자와 함께의 구분은 명확한 것인가?
그리고 혼자 있을 때는 외롭고
함께 있을 때는 즐거웠던가?

(2015. 7. 28.)

이름대로 살 수 있다면

어느 중화요리집.
우리말로 방마다 이름을 지었다.

무슨 일이든 세상의 중심이 되라는 가온누리.
그린 듯이 아름다운 날개를 가지라는 그린나래.
온 세상을 함께 보듬고 살라는 누리보듬.
두 개의 빛나는 날개를 가지라는 두빛나래.
항상 즐거운 내가 되라는 라온제나.
서로 사랑하는 사이가 되라는 예그리나.
자연 그대로, 언제나 변함없이 살라는 온새미로.
푸르고 싱그러운 날개를 가지라는 푸른나래.

어느 방에서 어떤 요리를 먹든지
그 뜻의 참맛을 느꼈으면 좋겠다.

(2014. 7. 29.)

몽환포영(夢幻泡影)[●]

파란만장한 삶도
허망한 꿈과 같다.

산전수전 공중전의 경험도
한낱 허깨비에 불과하다.

많고 적음과 크고 작음이
하나의 물거품이다.

생로병사의 아픔도
그냥 그림자일 뿐이다.

(2014. 7. 29.)

● 꿈과 환상과 거품과 그림자라는 뜻으로, 인생의 헛되고 덧없음을 비유적으로 이르는 말.

초딩 5학년처럼

나는 장난을 즐긴다.
나는 마냥 유머를 좋아한다.
나는 천진난만하게 남을 웃긴다.
나는 그냥 그렇게 순수하고 싶다.

때로는 장난꾸러기처럼
때로는 푼수처럼
때로는 벌거숭이처럼
때로는 초딩 5학년처럼.

(2015. 7. 29.)

한여름밤

연일 이어지는 근심과
걱정을 슬슬 내려놓고 싶다.

피고 지는 사랑과 미움의 끈을 놓고
누구나 집착 없이 대하고 싶다.

생존경쟁의 오르락내리락을
평탄하게 만들고 싶다.

한여름의 폭염과
열대야를 시원스레 날리고 싶다.

피곤했던 인연을 하나하나 온전하게 떨구고 싶다.

(2015. 7. 30.)

팔월에

정금나무.
각종 질병을 예방한다네요
정금 열매로 담근 술은 부부 금실을 좋게 한다니까,
마십시다.

늙음에 대하여

시간과 사람에게 쫓기면
돈과 건강에 쫓기면
빨리 늙습니다.

시간을 여유롭게 활용하고
사람을 느긋하게 만나고
돈을 넉넉하게 준비하고
심신을 단단하게 만들어야 그나마 젊게 삽니다.

(2015. 8. 3.)

그냥, 가란다

조직과 직장이 누른다.
개인과 가정에서 버틴다.
다수가 누른다 그래도 나는 버틴다.

오늘도 친구가
버티지 못하고 저편으로 허겁지겁 갔다.
흙에 던져만 놓아도
뻗어가는 수박씨보다 힘없이 갔다.

비 오는 날 바람에게, 길 위에서 묻는다.
그냥, 가란다
그냥, 비를 맞으면서 가란다.

(2014. 8. 5.)

흥이 날 때

이순(耳順)을 바라보며
지금과 이미 어제가 되어버린 지금
지금이 될 내일과 다양한 삶의 조각들이 어지럽다.

몹시 지쳐 괴롭고 나른한데
거실 탁자에 놓인 막내아들의 장학 증서.
자식 성장하는 모습이 왜 이리 즐거운가.

갑자기 흥이 난다.

(2014. 8. 9.)

칭찬을 들으며

최선을 다해 열정적으로 행사를 준비했다.
누가 극찬(極讚)을 한다.
보름달보다 더 큰 그릇을 품고 사는 남자라고.

기분이 매우 좋다.
엄청나게 부담된다.

자신에게 채찍질을 한다.
주변의 열악한 환경을 탓하지 말라고.
앞으로 더 열정을 가지고 임하라고.

(2015. 8. 9.)

집에 왔잖아

삐지면 손해라는데
종일 사무실에서 배배 꼬이고 심란했다.

난 급했고
넌 굼벵이가 무덤 옮기듯 답답하고 느렸다.

다람쥐 쳇바퀴 돌듯
언제나처럼 그랬던 날이었는데…….

자자, 이제 그만.
집에 왔잖아!

(2014. 8. 11.)

마음을 얻는다는 건

평생의 친구에게
사랑하는 이성에게
마음 얻는다는 건 모진 인내가 필요하다.

굼벵이는 칠 년을 기다려 껍질을 벗고 날아
칠 일 동안 세레나데를 받아줄 연인을 찾다가
자신을 바치고 죽는다.

간절한 열정으로
온몸을 다하는 헌신으로
커다란 용기를 발휘한다.

친구 하나, 사랑하는 이성의 마음 하나
얻었으면 나의 삶도 할 일을 다 한 것일까.

(2014. 8. 11.)

계절의 향기

아무리 바삐 살더라도
새록새록 돋아나는 봄의 향기를 맡고 살자.

아무리 없이 살더라도
이글거리는 여름의 향기를 맡고 살자.

아무리 낮게 살더라도
온갖 결실로 그윽한 가을의 향기를 맡고 살자.

아무리 춥게 살더라도
기다리며 절제하는 겨울의 향기를 맡고 살자.

(2015. 8. 12.)

맥문동(麥門冬)

뿌리는 보리와 비슷하여 맥(麥),
잎은 겨우내 시들지 아니하여 문동(門冬).
군락을 이루어 더 예쁜
함께하여 더 아름다운 맥문동이
아파트 건물 옆에 있었네.
여름 내내 버려진 도심 쓰레기를 감춰주기 위하여
큰 가로수 밑에 피어있었네.

귀티 나는 보라색 꽃으로
도란도란 옹기종기 푸른 잎으로
타인의 허물을 보듬어주듯
겸손하게 서로를 위하는 동반자처럼
큰 가로수 밑에 연이어 피어있었네.

맥문동처럼 살았으면 더없이 좋겠네.

(2014. 8. 13.)

참새와 술꾼

성실한 참새는 방앗간을
그냥 지나치지 않는다.
순수한 술꾼은 찾아오는 진정한 주우(酒友)를
어여삐 여겨 그냥 보내지 않는다.

약삭빠른 참새는 약게 굴다가
방앗간을 지나쳐 좋은 기회를 놓치고
비굴한 술꾼은 사리사욕으로 저울질하다가
선량한 파트너, 인생 멘토를 잃는다.

(2015. 8. 13.)

어리숙한 사람은

손해 보는 것은 누구나 싫어한다.
그러나 항상 손해 보는 사람이 있다.

그는 어리숙하다.
순수하고 계산을 하지 못한다.
남에게 베풀다가 제 몫을 챙기지 못한다.

그는 일기예보를 철석 같이
믿었다가 비를 흠뻑 맞는다.

(2014. 8. 14.)

그러면 안 된다

자기는 중요한 일을 하고
상대방은 하찮은 일을 한다고 착각하면 안 된다.

자기는 일을 엄청나게 열심히 하면서
타인에게 일을 아직도 하느냐고 빈정대면 안 된다.

이런 일은 배운 사람일수록 많이 한다.
이런 잘못은 가진 사람일수록 많이 저지른다.

어떤 이를 기약 없이 또 만났더니
언짢은 얘기를 스스럼없이 반복한다.

상대방이 가르쳐주기는 어렵다.
스스로 깨우쳐야 한다.

(2015. 8. 14.)

인생 여정과 53선지식[●]

인생은 진리를 구하는 긴 여정이고
사람을 찾는 먼 여행이다.
맑은 물이 있으면 달은 언제나 드러나듯
마음이 정갈하면 선지식(善知識)은 자연스레 나타난다.

선지식은 내가 선정하지만
그 기준은 나도 모른다.

내 머리를 꽝 때리는 순간
내 무릎을 탁 치는 찰나
목표는 어슴푸레하지만 화엄경의
선재동자를 거울삼고
인생 여정를 다하는 그날까지
53선지식을 만나는 기나긴 여정이다.

(2015. 8. 16.)

● 53선지식(五十三善知識) : 《화엄경》에 나오는 선재동자가 구도(求道)를 위해 만난 53인.

선문답(禪問答)

어이하면

좋겠습니까?

다시 시작하는 수밖에!

(2015. 8. 17.)

그냥 묻어가는

횡단보도 빨간 신호등에서
한가로이 잡담하며 건너는 경찰처럼
일주일 치 반찬 만들어 놓고
화장하고 집 나서는 아낙네처럼
너무 귀여워서 아가씨 가슴을 만졌다는 어떤 권력자처럼.

오전 근무는 땡땡이치고
오후 근무만 하는 종일 근무자처럼
축하 공연 계약하고
리허설 없이 대충 보여주는 지휘자처럼
물에 빠진 자식을 구해 주었는데
보따리 내놓으라고 하는 엄마처럼.

세상에는 그냥 묻어가는
사람이 너무 많구나!

(2014. 8. 19.)

설렘의 연속

알지 못하는 번호이다.
여보세요, 여인 목소리가 낭랑하다.
만나기로 한다.
고민 끝에 장소를 정한다.
기다려진다, 누굴까?
날 어떻게 아는지, 문자를 날렸더니
내가 유명 인사란다.
내가 쓴 책 두 권 읽었고 내가 기획한 콘서트를 모조리 관람했단다.
자신은 꽃뱀도 사기꾼도 아니니 걱정 말고 나오란다.

그럼, 샤워하고 나갈까요?
세수만 하고 나갈까요? 문자를 보냈더니
우리 나이에 연애하자고 들이대는 것도 아닌데
그냥 있던 그대로 나오란다.
그녀가 재미있어 한다.

나는 설렘의 연속이다.
나를 좋게 보아주고 만나자고 하니 얼마나 기쁜가?
이런 여인들이 많았으면 하고 남몰래 웃는다.
무슨 이야기를 주고받을까?
빵집에서 만났던 추억 속의 여학생을 그리며
실없이 약속 장소 주변을 왔다 갔다 한다.

(2014. 8. 20.)

큰 울림

신안 천사(1004)의 섬 중 안좌도에서
맛있는 민어회에 술을 마시다 펜션 주인에게
이 지역의 3대 명물을 소개받았다.
DJ 선생님과 이세돌 프로 바둑기사 그리고 김환기 화백.
그 중 수화(樹話) 김환기 님은 낯설지만 새로웠다.

한국의 피카소
한국 추상화의 선구자
한국 근현대미술의 거장
시와 같은 그림을 그렸다는 화가
한국의 아름다움을 가장 잘 이해한 세계적인 화가.

그의 품성과 작품을 생각하면서 고풍스런 생가에 갔다.
부인의 내조가 그를 인물로 키웠는가 보다.
남이 부러울 정도로 엄청 그윽했는가 보다.
인근 두리~박지 간 547m 천사의 다리를 걷는 동안
그의 그림과 걸어간 삶이 큰 울림으로 다가왔다.

(2015. 8. 20.)

늦여름 밤에 내리는 가을 소나타

자동차들이 건반을 두드리듯 비를 밟고 다닌다.
그 웅장한 아름다운 선율에 잠에서 살며시 깬다.
비는 도로 위에서 오르락내리락,
나는 침대 위에서 엎치락뒤치락.
유난히 고단했던 긴 여름밤을 그렇게
비는 가을 소나타처럼 내린다.

잠을 잤는지 설쳤는지
아침 여덟 시에
지척에 다가온 가을 손님을 맞으러
같으면서 다른 길을 걷는다.

(2014. 8. 21.)

책임 배분

그렇게 조금 가르치지도 않았습니다.
적게 먹이지도 않았습니다.
허름하게 입히지도 않았습니다.
환경이 불편하지도 않았습니다.

자식과 부모 간에도 삶의 길은 다른가 봅니다.
내 아픔이 그대로 전달되지 않았는가 봅니다.
밤새 뒤척였습니다.
참 괘씸하기도 합니다.

그래도 부양 의무가 있는 아빠이기에
부자지간에 엉킨 실타래를 풀어야 하기에
오늘도 책임 점수를
그놈은 조금, 아빠는 많이 매깁니다.

(2014. 8. 25.)

거꾸로 가는 열차

앞만 보고 가다가
건강 잃고
사람 잃고
돈 잃고
얼굴에 주름지는지도 모르고 흘러갔네.

거꾸로 가는 열차를 타고
이제는 느리게,
때로는
여행 가듯 생활했으면….

남이 모르는 나여
지금 무엇을 원하는가.
지금 이 순간이 아깝지 않은가?

(2014. 8. 26.)

삶의 지혜

자신과의 싸움에서 지치고
수시로 사방의 적에게 둘러싸이고
사사로운 일로 법정 다툼을 하고
방심하다 어느새 병마에 시달리고
돈이 시나브로 목줄을 죄고
믿었던 사람이 갑자기 배신을 하고
여기저기에서 엄청난 시련이 몰려와 숨을 깔딱여도
성실하게 꾸준하게 인내하면
무슨 일이든 이룰 수 있다고 했지.

아무리 7전8기라지만 그래도
안 되는 일은 안 되더라.
안 되는 일은 빨리 포기해야
가야 할 길을 다시 찾을 수 있다.

(2014. 8. 27.)

지쳤을 때

삶에 지쳤을 때
뇌는 더 이상 작동하지 아니하고
발은 더 이상 전진하지 않는다.
가슴도 더 이상 뜨거워지지 않는다.

그러한 때에는
새로운 발상을 멈출 줄 알아야 하고
아등바등 억지로 나가지 말아야 하며
미련을 버리고 냉정해야 한다.

(2015. 8. 28.)

그건 아녀

남과 쉽게 어울리지 못하는 사람이 있더라.
남과 오래가지 못하는 사람이 있더라.
남과 가볍게 사귐으로 손해 보는 사람이 있더라.

그 사람은 누가 한 말을
부정적으로 받아치는 재주가 있었다.
그게 아니고~
진짜 그건 아녀~

그 사람은 논리적으로
쓸데없이 시간을 허비하면서
누군가를 험담하면서
포장하는 재주가 있었다.

결국 그 사람은 성공한
사람이 아니었다.
행복하지도 않더라.
남이 존경하는 사람도 아니었다.

(2014. 8. 29.)

여행의 맛

3박 4일의 긴 여정, 버스나 택시 타고
기차나 전철 타고 아니면 배를 타고
이 사람 저 사람 만나 마시고 먹고
걷고 보고 듣고
심심풀이 음담패설과 썰렁한 농담에
진담과 돈 잘 버는 이야기를 곁들이네.

드디어 내 집에 돌아와
대충 씻고 몇십 년 내 자리, 그 침대 그 베개에
머리를 대니 온몸은 천근만근이다.
쥐도 새도 모르게 쌔근쌔근
열두 시간 꿀잠을 잤더니 몸이 새털이다.

그 기분으로 여행 가고 다시 일터로 향하고
그 맛 때문에 삶을 버틴다.

(2015. 8. 30.)

그곳에 도착하면

다가가고 싶네.
바라보고 싶네.
사알짝 기대고 싶네.
잔잔하게 부딪치고 싶네.
별로 도움 받은 건 없어도 무얼 자꾸 주고 싶네.
아쉽고 미안해서 같이 가고 싶네.
그곳에 도착하면 카톡해!

(2015. 8. 30.)

구월에

하늘타리.
하늘에서 내린 약초이자
수박을 닮아 하늘수박이라고 불립니다
좋은 소식을 전해줄 겁니다

이제는

어느 날 문득 그를 만났다.
푸른 바다 지나 큰 섬에
왠지 괴짜들만 모여 있을 것 같은
서귀포 문화 빳데리 충전소에 김 아무개가 있었다.

행복한 인연으로
때로는 행복한 눈물로
늘 변치 않는 별난 인생으로
이제 그와 나는 서로를 닮아간다.

(2015. 9. 2.)

말장난 고수보다

누구나 실패할 수 있다.
그러나 도전하지 않는 사람은 실패하지 않는다.
체험하지 않은 말만 무성하다.

모든 일에는 실적이 있어야 한다.
말만 뻔지르르한 사람은 실적이 없고
노력도 기울이지 않는다.

말만 하는 고수보다
행동하는 보통 사람이 좋다.

(2014. 9. 7.)

삶의 중심

평온하고 가치 있게 살려면
삶의 중심을 잘 잡아야 한다.
그때그때 우선순위를 잘 정하여
평탄하게 살아야 한다.

자식과 부모
가족과 친구
일과 직장
건강과 취미
사랑과 이별
어느 것 하나 소홀히 하면 안 된다.

선택을 잘 하여 뒤틀리지 말아야 한다.
시행착오가 있더라도
살아온 관계와 사람을 중심으로 내내
슬기롭게 대처해야 한다.

(2014. 9. 8.)

어이할꼬

백년가약, 부부지정 멀어져 세 번 참고
다가가도 봐도 못 본 척
투명인간이 되었네.

천륜으로 맺어진 부자지정에 철없는 아빠 짓을
했다곤 하나 매몰차게 본척만척
투명인간처럼 대하네.

외고집과 옳은 소리, 십팔 년 같은 계급
상하 간 아무런 이야기도 나누기 싫어서
서로 어정쩡 소 닭 보듯 하네.

친구에게, 모 단체에 헌신한 지 십일 년.
난 이것저것 다 버렸는데 비정한 현실은
닭 쫓던 개 지붕 쳐다보게 만들었네.

(2014. 9. 9.)

또 다른 해석

요즈음 추세이다.
이혼율이 높단다.
각방 쓴단다.
서로 관여하기 싫어서 무늬만 부부란다.

다시 해석해 본다.
상대방 영역을 존중함이다.
서로 개성을 살려주기 위함이다.
그럼에도 나는 자꾸 슬프다.

(2015. 9. 10.)

나이가 들면

나이가 들어가니
젊은이들이 왕따시킵니다.
얼굴이 늙어가니
대화하고픈 여인들이 도망갑니다.

이럴 때일수록 삐지지 말고 인내하면서
더욱더 베풀어야 합니다.
외동딸 사위 고르듯 세상이
깐깐하다는 것을 얼른 눈치채야 합니다.
이제까지 연마한 연륜으로
슬기롭게 반응해야 합니다.

그래야 그나마 그들과
어울릴 수 있습니다.
다소 자존심 상하지만 그럴 때 사람의 마음을
그 사람의 몫으로, 그 사람의 그릇대로 담아 갑니다.

(2015. 9. 14.)

어긋난 돼지발톱

규칙대로 살았더니 힘들구려.
발길 닿는 대로 어디론가 가 보구려.

사춘기 소년처럼 방황도 하고
아주 엉뚱하게
어긋난 돼지발톱마냥 행동하구려.

(2015. 9. 16.)

나의 길

이제 몸뚱이가 힘들구먼
정신이 가끔 혼미해지는구먼

행로(行路)를 변경해야겠다.
항로(航路)를 변경해야겠다.

외로운 길, 나만의 길
끝이 없는 길, 길 위의 길
그 길을 변경해야겠다.

(2015. 9. 23.)

한가위

밤하늘에 밝은 달
한가위 보름달
큰 가위로 절반 뚝 잘라
잠시 팍팍한 인간 세상으로

깨, 동부, 밤,
고명 가득.
둥글둥글 왕송편, 솔잎 향 그윽하게 빚어
온 누리에 풍성하게 담아놓고

누린 자, 헐벗은 자
가진 자, 배고픈 자
구분 없이 한자리, 한마음.
잠시라도 그렇게 지내구려.

(2015. 9. 25.)

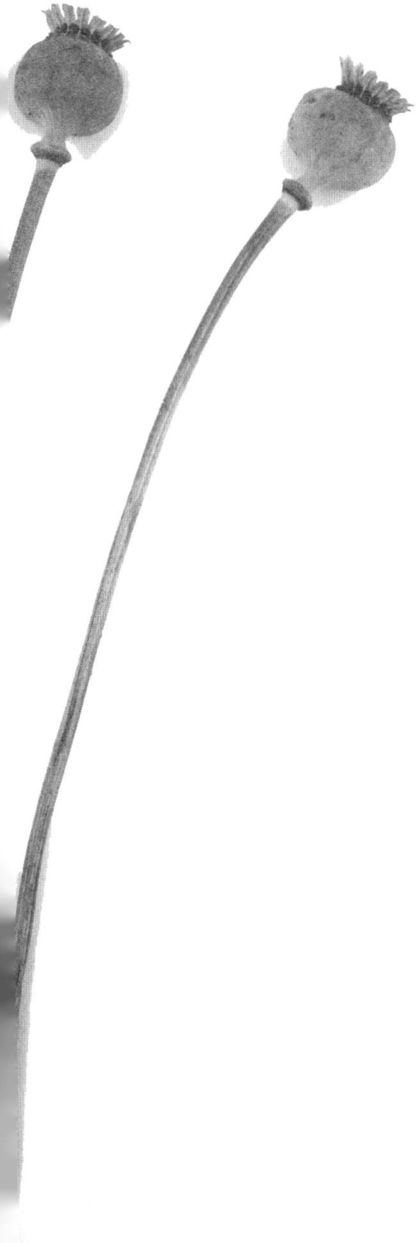

시월에

이끼꽃.
오래된 바위 위에 우담바라꽃처럼 핀 이끼꽃,
주렁주렁 말캉한 빨간 이끼꽃,
싱그러운 눈 속의 초록이끼, 대롱대롱 수정처럼 영롱한 이끼꽃,
정말 아름답고 다양하구나.

삐지면 손해

이제는 하나씩 내려놓아야 마음이 편해집니다.
그래야 몸이 건강해집니다.
삶을 평온하게 누릴 수 있습니다.

욱하지 말자.
화내지 말자.
팽당해도 참자.

삐지면 본인만 손해입니다.

(2015. 10. 1.)

윤슬[●]

우여곡절(迂餘曲折) 끝에
매듭이 지어지네.
천신만고(千辛萬苦) 끝에
실타래가 풀리네.

이제
잔잔한 강바닥에서 자갈 굴러가는 소리를 들으며
그냥
다소곳이 반짝이는 윤슬이고 싶다.

(2014. 10. 4.)

● 햇빛이나 달빛에 반짝이는 잔물결.

겉보다 속

사람은 내공이 필요하고
집안은 내력이 중요하고
꽃은 향기가 있어야 하고
조직은 훈훈한 내막이 있어야 한다.

일은 속셈이 투명하여야 하고
마음은 속내가 아름다워야 하고
겉보다 속,
겉치레보다는 내실이 있어야 한다.

(2014. 10. 9.)

그릇의 한계

변명 일삼다가
변죽 울리다가
변방에서 북 치다가

살짝 연극하다가
은근히 쇼하다가
슬쩍 배반하다가

미련한 놈, 제 발로
복을 차고 결국, 믿음을 배신하는구나.

(2014. 10. 10.)

뭐하노?

나만 멋지면 뭐하노?
주변 인물도 멋져야지!

산삼 먹고 설사하면 뭐하노?
고사리 먹고도 힘만 잘 쓰면 되지!

권력의 언저리에 있으면 뭐하노?
가치 있게 열정적으로 살면 멋진 것이지!

오케스트라 지휘 잘 하면 뭐하노?
연주단원과 관객이 하모니를 이루어야지!

(2015. 10. 10.)

아름다운 만남

욕심에 가려지면 지척이 천 리가 되고
마음과 마음이 선하게 이어지면 만 리가 지척이다.

가물치는 황소개구리를 잡아먹는 천적(天敵)이다.
악어와 악어새는 서로 돕고 사는
돈독한 공생(共生) 관계이다.

서로 잡아먹는 천적보다는
서로 가까이 어울리는 것이 아름답다.

(2014. 10. 11.)

휴먼미팅매니저

누구나 잘 하는 구석이 있다.
난, 음주가무를 즐기고 언변으로 남을 즐겁게 한다.
낙천적인 성격에 순수하고 남을 배려할 줄 안다.

내가 즐겨했거나 잘하는 능력을 살려 직업으로
삼으면 성공할 확률이 높다.
좋은 사람들을 맺어주는 human meeting manager로
인생 2막을 펼쳤으면 한다.

그동안 쌓은 나의 노하우를 근간으로
장점과 성품과 인품을 연결해주는 아름다운 일이다.
서로의 외로움을 달래주고
서로에게 행복감을 주고
서로에게 이로움을 주게 하는 휴먼미팅매니저.

내 여생은 그렇게 살리라.

(2015. 10. 11.)

담금질

시간의 짧고 긺과 숫자의 많고 적음
형태의 크고 작음 때문에
누구나 고통을 하소연한다.

이 고난의 연속을 벗어나려면 궁극적으로
나를 담금질하는 수밖에 없다.
이는 별나라 천사가 가야 할 방향을 가리키는 것이요
하늘이 나를 강하게 단련시키는 것이다.

(2015. 10. 12.)

조화와 순리

죽이 척척 맞는 사람이 있다.
촉이 분명 빠른 사람이 있다.
감이 아주 좋은 사람이 있다.

일침으로 나아지는 사람이 있는가 하면
이뜸으로 도와주는 사람이 있고
삼약으로 보충하는 사람이 있다.

음이요, 양이요, 달이요, 별인 것이다.
흐름이요, 이치요, 순리요,
통찰력이요, 자존의 고집인 것이다.

(2015. 10. 14.)

있기에

성실한 삶을 폭탄주로 날리고
십이 년 공든 탑을 도끼로 박살내고
삼십삼 년 풀칠한 밥그릇을 한 방에 내던지고
오십팔 년 쌓은 순수 내공을 욱 감정으로 내지른다.

건강한 내일이 있기에
아름다운 미래가 있기에
시간이 지나가야 역사도 사람도 올바르게 평가받을 수 있기에
백세 시대 알아차리고 들숨 날숨 하고 있다.

(2015. 10. 15.)

모처럼 기차를 타고

총알이 지나간 심장에
바람이 지나갔다.
집을 나섰다.
비 내리는 서대전역에서 목포행 기차를 탄다.

비는 열차 유리창으로 돌진하다
금세 뒤로 밀려난다.
사람들이 옹기종기 모여 사는 농가와 논밭
비닐하우스가 나타났다 빠르게 밀려난다.

언뜻언뜻 보이는 흰머리와 잔주름이 보기 싫어서
달리는 열차 창문 너머로 밀어낸다.
지친 삶도 저편으로 밀어낸다.
어떤 새로움을 구하고자, 옛것을 이렇게 자꾸 밀어낼까?

(2014. 10. 20.)

낙조(落照)

부표는 바다와 함께 일렁이고
이름 모를 섬 사이로
우뚝 선 암벽이 시선을 가두는
진도 세방리.
해 지는 바다 풍경 한 장 건지려 찾았더니

금방이라도 서쪽 바다에서 이글거리며
해는 오늘도 여지없이 지고 있다.
낙조의 제 맛은 잔 빛이 남아야 하거늘
유배의 섬 진도는 지금도 여전히 외롭구나.

머지않은 팽목항에서 아이들 울부짖는 소리
바람에 실려 오는데 홍주나 잔뜩 들이켜고
울금(鬱金)으로 속을 달래야 할까.
아니면 세마치장단에 맞추어
진도아리랑이나 구슬프게 불러야 할까.

(2014. 10. 22.)

해금(奚琴)

너무도 구슬프고 청아하다.

왼손으로 입죽(立竹)을 잡고
식지, 장지, 무명지, 소지로 율에 따라 줄을 짚으며
오른손으로 활을 좌우로 켠다.

궁상각치우(宮商角緻羽)를 잘못 배웠다고 한다.
황태중임남(黃太中林南)으로 바로 잡는다.

그 소리가 너무나도 내 맘 같아
'학교 종이 땡땡땡'과
'달아 달아 밝은 달아'를 종일 켜며
세상의 모든 시름 훑어 낸다.

(2014. 10. 23.)

품바 공연을 보면서

장터 돌아다니면서 동냥하는 각설이
장타령에 장단 맞추고 흥을 돋운다.

민초들의 억울함을 입방귀 뀌는 대변자
현실의 울분을 해학으로 푸는 풍자꾼
시대의 아픔을 겸허하게 각색할 줄 아는 득도자
부정치부, 아첨관직, 기회주의를 막말로 혼내는 거리의 선생
가진 것 없고 텅 빈 마음을 한과 흥으로 표현하는 승화자
이는 우리네 삶이요 예술이요
깨달음이다.

서로를 껴안고 보듬어 안는
어머니의 품이다.

(2015. 10. 25.)

짝

짝이 없으면 딱합니다.
짝이 있으나 정이 없으면
더 딱합니다.

(2015. 10. 26.)

가을

외로울 때,
커피를 마시면
내 눈빛이 가을 빛깔로 바뀐다.
내 자리가 가을 냄새로 가득하다.

지긋이 세상을 바라본다.
시김의 빛깔
하루 종일
그냥, 그렇게 바라본다.

난,
그대를
잊지 못하고 그리워한다.

(2014. 10. 27.)

술을 마시는 까닭은

한 달 내내, 일 년 내내
술을 마시는 까닭은
나에게 집중할 수 있기 때문이다.
외로움을 감출 수 있기 때문이다.
엉뚱한 에너지를 쓰기 싫음이고
새로움을 추구하는 내일을 기약할 수 있기 때문이다.

(2015. 10. 29.)

주왕산(周王山)

청송 달기 약수 석 잔 하고 국립공원 주왕산에 오르자니
골짜기마다 노랗게 붉게 물들었네.

장관의 응회암 조각들.
짝을 잃고 슬피 울었다던 백학, 청학의 둥지 학소대.
자연을 벗 삼아 속세와 천상을 옮겨가며
풍류를 즐기던 선비들의 용추협곡.

청송 꿀사과를
입으로 세 번 베어 물으니
꿀벌 세 마리 나와 한 몸이 되어
한 놈씩 번갈아 빠네.

(2015. 10. 29.)

언젠가

불의와 타협하지 아니하는 긴 외로움은
언젠가 큰 지혜를 만나 세상을 밝힙니다.

인고하는 인생 여정의 쓰라림은
언젠가 성공하여 달콤함을 맛보게 합니다.

고뇌를 감내하는 어둠은
언젠가 희망의 등대를 만나게 됩니다.

남을 훈훈하게 배려하는 고생은
언젠가 즐거운 환희로 바뀝니다.

거짓과 어울리지 아니하는 진실의 끝은
언젠가 행복으로 오롯이 반전됩니다.

(2015. 10. 30.)

몰입(沒入)

날마다 시어(詩語)의 파노라마가
압축되어 이어졌으면 좋겠습니다.

매일 꿈속에서 희망의 메시지가
화수분처럼 솟았으면 좋겠습니다.

시월의 오색 단풍이 내 구멍 뚫린 가슴에
천연으로 염색되었으면 좋겠습니다.

어떤 일에 긴긴 날을 몰입한 후,
되돌아보다 행복을 느꼈으면 좋겠습니다.

(2015. 10. 31.)

십일월에

갯쑥부쟁이.
일렁이는 파도소리 그리워 척박한 곳에서 피는구나
'옛 사랑'이라니 외로운 이 인생도
잠시 옛 여인이 그립다

낭중지추

모든 걸 내려놓고자
힘든 나날을 보내다가
어느 날 우연히 만난 사람과
이 얘기 저 얘기 하다가 과분한 칭찬을 받았다.

아무리 숨겨져 있어도 결국엔 드러날 겁니다.
세상 사람이 알아볼 겁니다.
모처럼
기분 좋은 날이다.

(2014. 11. 4.)

무소의 뿔

모든 책임을 지고자
난관을 해결하고자
마음을 삭히고자
갈등을 풀고자
외로움을 이기고자
깃발을 꽂고자
코뿔소의 뿔처럼 앞만 보고 갔다.

오늘 잠시 졸다가
잃어버린 코뿔소를 다시 만났다.

(2015. 11. 6.)

같은 단풍이라도

같은 단풍이라도
어떤 놈은 서둘러 떨어지고

같은 단풍이라도
어떤 놈은 아직 나뭇가지에 느긋하게 매달려
붉은 태양을 맞이한다.
짧은 시간이라도
정열적인 생각에 붉게 물든다.

그래서
그렇게 많은 사람들이
가을 산을 온통 물들였나 보다!

(2014. 11. 9.)

아직도 시험 중입니다

멈추게 하거나
거꾸로 돌리거나
억지로 떠밀거나
돌아가는 물레방아를
거슬러서는 아니 되옵니다.

갖은 노력을 기울였는데
돌아가지 않는 물레방아가 있다면
물레방아가
도전을 요구하는 것입니다.
아직도 당신의 능력을 시험하는 것입니다.

(2015. 11. 10.)

올해의 인물

한 해가 저물고 있다.
만났던 사람들을 잠시 회상한다.

최근 다른 일을 구상하며 노래를 좋아하는 그, 까칠하면서 정감이 많고 개성이 강한 그, 폭넓은 인맥과 막걸리를 즐기는 그, 인테리어 일을 하면서 음악적 흥이 있는 그, 춤으로 다져진 몸매를 자랑하고 매너 좋은 그, 특별한 공부를 하고 올해 큰일을 치룬 그, 지극히 순수하고 나의 글을 챙겨주는 그, 올해의 인물로 끼울까 말까 최근 만난 그,

주마등처럼 스치운다.
앞으로 서로를 배려하면서
더 아끼면서 가까워지기를 다짐한다.

(2014. 11. 12.)

늦가을 오후

도심 아파트 옆 노란 낙엽은
가녀린 참새처럼 사뿐 내려앉고
신작로에 누운 낙엽 뭉텅이는
호숫가 나룻배와 같이 움찔움찔하네.

저 멀리 스카프 두른 멋진 아낙네들은
도회지 빌딩을 수다 떨며 가로지르고
한 해 마감 업무에 서류 가방 든 신사는
여유롭게 곁눈질하네.

(2015. 11. 12.)

작호에 즈음하여

충남 청양 장평, 칠갑산 자락에서 태생한 그대!
붉은 말띠 쌍육(66)년. 병오(丙午)년 음력 유월 삼일 생
어느덧 인생의 중턱, 오십 세 코 밑에 와있네요.
나라 조(趙), 받을 봉(捧), 저울 형(衡)의 이름으로
올곧게 금융업에 종사하고 있는 그대!
오늘 이후, 삶의 새로움을 더하기 위해
다험(多驗)● 으로 작호(綽號) 받았으니,
뜻을 중히 여겨 부디 큰일하는
칠갑산 山아이(사나이)가 되길 비옵나이다.

(2015. 11. 13.)

● 다험(多驗) : 여러 가지 많은 경험을 통하여 인생을 배우고, 그것을 바탕으로 홀로서기를 하라는 뜻입니다.

자다가 봉창 뜯듯

기다리는 사람도 없는데
마냥 쳐다보다 눈알 빠지겠소.

오늘 지금 이 시간도 지탱하기 어려운데
내일을 생각하며 여유를 부리겠소.

안 되고 바꿀 일만 그득한데
비 오는 날 까만 허공(虛空)을 응시하며
자다가 봉창 뜯듯 흥얼거리겠소.

(2015. 11. 13.)

담기

더 움츠리기 전에 아낙네들 김장 담기
머리 띵한 도시 떠나 가으내 자연 담기
주말, 휴일 가족들과 우리네 행복 담기
좌우측 일상 가르마를 잘 타면서 세상 담기

(2015. 11. 14.)

알아차림

수컷의 발정과 암컷의
잔소리는 무슨 함수인가요?

수컷의 음주가무와 암컷의
수다는 어떤 관계인가요?
우리들의 삶이 원만해지도록 빛의 속도로
서로를 알아차리는 방법은 없을까요?

(2015. 11. 14.)

그럼, 그래야

해 떨어지면 술 생각 나네.
그럼, 두 팔 들어 해를 붙잡으시오.

비 오면 술 생각 나네.
그럼, 따뜻한 가슴으로 비구름을 없애시오.

갖은 번뇌로 술 생각 나네.
그럼, 지난날의 즐거움을 생각하시오.

그래야,
좋은 세상 한평생 함께 하지요.

(2015. 11. 16.)

도사리고 있으니

언제 어디서든 내 몸가짐에 대하여 시비가 걸릴 수 있는
불안 요인이 도사리고 있으니 언행에 조심합시다.

사람의 마음 구석구석에 남을 해칠 수 있는
위험 요인이 도사리고 있으니 매사에 신중합시다.

과거, 현재, 미래 시공을 넘어 선악과를 따먹을 수 있는
원죄 요인이 도사리고 있으니 미리미리 예방합시다.

(2015. 11. 18.)

새 물대기

곡식과 채소를 잘 키우려면
논과 밭에 새로운 물을 대야 합니다.

조직과 단체를 살갑게 움직이려면
새로운 임원과 회원이 들어와야 합니다.

음지에서 따뜻한 양지로 나가려면
신선한 생각으로 새 물대기를 해야 합니다.

(2015. 11. 20.)

대도유무문(大道有無門)

거산(巨山)도 시공(時空)이 흐르면
또 다른 산내(山內)로 들어가고
대도(大道)도 무문(無門)인 듯 보이지만
또 다른 유문(有門)으로 들어가는 것이다.

문의 유무(有無)는 우리네 소관이 아니옵고,
시대를 초월한 대선사(大禪師) 화백(畵伯)이 그리는
캔버스 물감 얼룩의 유무에 불과한 것이 아닐는지요.

(2015. 11. 22.)

익숙함 속으로

오늘은 화려함보다는
외로운 길을 택했습니다.
어제는 나긋나긋한 여인과 보내기보다는
질펀하게 술을 마셨습니다.
어제의 어제에는
화려함과 여인이 그리워서 갈팡질팡했습니다.

이제 외로움과
술이 익숙한 것은 무엇 때문일까요?

(2015. 11. 23.)

엉뚱한 화두(話頭)

어느 날 문득
살면서 가장 감사한 일이 무엇인지 생각한다.
헌신하는 봉사,
친구의 우정,
나를 평온하게 하는 자연,
부모와 자식 그리고 스승과 제자간의 고귀한 관계도 아니었다.

나를 가장 평온하게 하는 것은
'그 아름다움을 감상케 하는 대상'이었다.
그것은
한 가지가 아니라 여러 가지였다.

(2014. 11. 24.)

손을 씻으며

하루에 서너 번 손을 씻는다.
바쁜 일상에도 늘 손을 씻으며 마음도 씻는다.
일일삼성(一日三省)이라,
매 순간 저지른 실수와 타인을 배려하지 못한 마음을
하루 세 번 이상 씻는다.

이렇게라도 하지 않으면 나는 어두워진다.
오만과 자가당착에 빠진다.
나는 결코 백 점짜리가 아니다.
물로 마음을 씻어낸다.

(2015. 11. 24.)

첫눈은

콧잔등에서 살살 간지럼 피우다가
이내 무슨 사연이 그리도 많은지
흰머리 위에 첫눈이 펑펑 쏟아진다.

첫눈은
잠시 나뭇가지에 걸터앉아
늘어가는 나이를 미안해하다가
가으내 고생한 노란 낙엽과 어울리려
미지의 세상에서 사뿐히 내려온다.

(2015. 11. 26.)

그동안 수고했어요

누구에게나 자존심은 소중하다.
동방의 춤, 배꼽춤으로도 불리는
건강하고 아름다운 벨리댄스 발표회.
잘 다듬어진 배꼽, 들쑥날쑥한 배꼽이 나이에
무관하게 서로 어울린다.

이어서 '낙원을 찾아서(Conquest of paradise)'가
특유의 웅장한 사운드를 드러내자
무희는 신대륙을 발견한 듯
신들린 듯 온몸을 흔든다.
관객은 갈채와 환호를 듬뿍 보낸다.
한동안 긴 정적이 흐르고

세상은 역시,
고생한 사람이 있어 아름답다.
그동안 수고했어요.

(2015. 11. 26.)

리더십

세상에는 별의별 지도자가 많다.
진정한 지도자는 갈고닦은 리더십을 수반한다.
조직은 지도자의 가슴 크기에 비례하여 성장한다.

외로운 지도자의 뒤에는
순간의 이익에 치중하는 팔로우,
뒤통수 치는 팔로우, 까칠한 팔로우,
금방 배신을 때리는 팔로우가 득실거린다.

남을 지적질할 필요 없이 나 스스로 반성하고 정리해 보건대
믿음을 강요하는 '신앙 리더십'보다는
솔선수범하는 이른바 '수행 리더십'이 절실하다.●

(2015. 11. 28.)

● '신앙 리더십'과 '수행 리더십'은 시인이 정의한 용어다. 신앙 리더십은 '믿는 것만 종교'란 개념에서 팔로우에게 무조건 믿음을 강요하는 것이고 수행 리더십은 아무리 어려운 일이라도 지도자가 솔선수범하여 조직을 이끌고자 하는 것이다.

해몽

꿈에서 지갑을 주웠다.
꽤 많은 돈이 들어있어서, 챙길까 말까 망설이다가
몹시 건장한 아저씨에게 건네주었다.
지갑 주인이다.
그는 실제 나이가 90세였다.

왜 그런 꿈을 꾸었을까?
돈 욕심을 버리고, 꾸준히 운동하면
나도 그렇게 건강할까?

(2014. 11. 30.)

십이월에

낙엽.
얼음 속에 갇혔구려,
한때는 화려한 단풍의 시간을 보내고
잊히기 싫은듯 더 선명하구나.

순탄하게

승용차 안전벨트를 매지 않으면
지시 기계음으로 시끄럽다.

밥통 수증기가 너울너울 올라가듯
그렇지 않으면 맛있는 밥이 되지 않는다.

청정 계곡물이 너그러이 내려가듯
그렇지 않으면 강물, 바닷물을 담아내지 못한다.

매사가 순탄하게 이루어져야
눈과 입술을 일그러뜨리지 않고 미소 지을 수 있다.

(2015. 12. 1.)

후생 인연으로

최선을 다해 준비했어도 집착은 하지 않겠습니다.
결과에 연연하지 않겠습니다.

순간, 깨달음이 있어도 가볍게 발설하지 않겠습니다.
언뜻 선지식을 얻었더라도
차분히 큰맘으로 배려하겠습니다.

현생 인연이 매끄럽지 못해도
후생 인연으로 남겨두는 아량을 가지겠습니다.

(2015. 12. 4.)

일의 방점

하루 실적이 없으면
하루 밥을 먹지 않겠습니다.[●]
모든 순간에 최선을 다해 임했습니다.

오늘도 지나간 일의 주요 사항을 확인하고
만나는 사람들에게 같은 말을 반복하고 열변을 토하면서
강조 사항과 주의 사항을 환기시켰습니다.

새로운 사람에게 줄 명함을 리필하면서
반성과 함께 시행착오를 되짚어 보면서
의연하게 마음 챙기면서 걷기 명상을 곁들이면서
앞으로 할 일에 방점(傍點)을 찍어봅니다.

(2015. 12. 6.)

● 일일부작 일일부식(一日不作一日不食) : 하루 일하지 않으면 그날은 먹지 않는다는 뜻으로 중국 당나라의 회해선사가 실천한 옛일.

망각

나는 자연일 수도, 예술일 수도 있습니다.
자연과 같이 즐겨야 하고 예술과 함께 어울려야 합니다.

나는 흔들릴 때, 움츠릴 때, 흥과 한이 솟구칠 때
예술과 자연에 질문을 던집니다.
나를 포용할 때, 배척할 때
자연과 예술로 신중하게 대응합니다.

그러나
각박한 현실, 차가운 육체, 알량한 영혼 때문에
야속하게도 금력과 권력의 놀이 문화에 밀려
예술과 자연의 베풂을 잊어가고 있습니다.

(2015. 12. 10.)

더 가까워지기

나는 작은 우주이다.
나는 잠재력이 무한하다.
나는 찰나에서 영겁까지 사유한다.

평상심을 찾는 자기 통제
생각에 걸맞은 자기 탐구
적극적이고 긍정적인 자기 변화를 통하여
초점을 맞추는 삶의 기술을 터득한다면
밝은 세상으로 텀벙 빠져

행복의 샘에
한층 더 가까워지지 않을까?

(2015. 12. 13.)

절반의 반

거실에 '소통의 칠판'을 걸었다.
잦은 음주가 걱정되어 건강 수칙
네 가지를 적어 놓고 마음을 다졌다.

아침 몸 풀기 철저.
술을 절반으로 줄이기.
가급적 주말 산행.
식사 제대로 하여 빠진 몸무게 6kg 원상 복구.

다음 날, 늦둥이 막내가
술을 절반의 반으로 고쳐 놓았다.
자기 딴엔 아빠의 건강이 심히 걱정되었던 모양이다.
본인 대학 졸업과 결혼 자금 모으기 등등과 함께.

순간 '가슴 찡, 마음 팍' 했었다.
그러나 6개월이 지난 지금, 그 수칙은 이행이 안 되고 있다.
세상을 한탄하랴! 나를 비난하랴! 어찌할거나?

(2015. 12. 22.)

잘 살아보자

올 한 해는
강풍을 만난 사람이 가로등에
매달리듯 살았나 보다.

고산 능선 경계로 식물이 다르게 자라듯 모진 인연은
끊고 살면 더 좋지 않았을까.
벌레의 허물이 세찬 바람에 사라지듯 미련 없이
날려 보냈으면 좀 더 행복하지 않았을까.

그래도 이 땅에 탄생하였기에 지금부터는
우렁찬 사자의 포효로!
위풍당당한 호랑이의 민첩성으로!
비상하는 독수리의 힘찬 날갯짓으로!
잘 살아보자.

(2014. 12. 24.)

고개 숙인 사람들

걸어가면서도, 횡단보도에서도
버스를 기다리면서도, 버스 안에서도
전철 안에서도, 배 위에서도
공항에서도, 비행기에서도
대화 중에도, 침대에서도

문자 메시지로 카톡으로
페이스북으로 밴드로
주변 사람은 아랑곳하지 않고
그들만의 범주에 닫혀 있다.

문명의 이기(利器)인가, 해기(害器)인가,
갈수록 서로의 마음이 열린 것일까,
닫힌 것일까.
모두 고개를 떨어뜨리고
연신 손가락을 두드리고 있다.

(2015. 12. 24.)

사십구재에서

친구여! 편히 쉬게나.
바람 따라 왔다가 구름 따라 갔구려.
모든 번민과 망상을 이제 모두 비우게나.
오늘 열반에 들어
서방정토에 자리 마련하소.

친구여! 가까운 훗날 인연 따라 다시 만나세.
이 불초소생이
영혼의 명복을 빕니다.

(2014. 12. 25.)

나에게 오라, 2016이여

예술혼을 다하는 오케스트라 지휘자처럼
예리한 분석과 판단력으로 높은 승률을 올리는 프로야구 감독처럼
승리의 팡파르 울리며 금의환향하는 전쟁터의 장군처럼
세계 최대의 벽화 '천지창조'를 각고의 노력으로 완성한 화가처럼
악천후를 극복하고 에베레스트 정상에서 굽어보는 산악인처럼
오대양을 항해하고 기쁨으로 돌아온 마도로스처럼
유레카, 기나긴 방황의 그림자에서 밝음을 득도한 수도승처럼
그렇게 맞이하겠노라, 나에게 오라, 2016이여!

(2015. 12. 30.)

58년 개띠 오빠

작사 장광팔 / 작곡 김학민 / 노래 최 현

빨랫비누로 머리 빨고
이쁜이 비누로 목욕하고
다이알 비누로 세수했던
58년 게띠 오빠

내 가족을 위해 물 때는
확실히 물고 안 놓치는
58년 개띠 오빠

문화연필로 필기하고
만화방 텔레비로 김일 보고
최류탄 데모로 날 샜던
58년 개띠 오빠
대한민국을 위해 짖을 땐
확실히 짖어 쫓아내는
58년 개띠 오빠

산전수전 공중전
다 겪었지만 그래도 사랑에는
약한 남자 우리는
58년 개띠 오빠
사랑을 위해 꼬리 칠 땐
확실히 꼬리 치는
58년 개띠 오빠